AKURA FAMILY

TAIYO × MUTSU

UMI × GOLIATH

MI × GOLIATH

TAIYO × MUTS

MISSION

夜桜さんちの大作戦

Mission: Yozakura Family

夜桜家観察日記

原作 権平ひつじ
小説 電気泳動

小説 JUMP j BOOKS

夜桜さんちの大作戦　夜桜家観察日記　人物紹介

夜桜　六美

夜桜家の三女。忍の能力者を産む夜桜家の当主として、兄妹達に守られて暮らしている。

朝野　太陽

事故で家族を亡くし、人見知りになった高校生。唯一話せる幼馴染の六美と結婚した。

夜桜　凶一郎

夜桜家長男。実力、人気共にナンバー1のスパイ。昼川と名乗り高校の教頭も務める。

辛三

夜桜家次男。
武器のスペシャリスト。

二刃

夜桜家長女。
合気道と柔術の達人。

七悪

夜桜家四男。
怪力にして医術に特化。

嫌五

夜桜家三男。あらゆる者に化ける変装の名人。

四怨

夜桜家次女。
ゲーマー兼天才ハッカー。

切崎　殺香

尾行と暗殺のプロ。夜桜家のメイドとして家事もこなす。

ゴリアテ

夜桜家の愛犬。

Story.

事故で家族を亡くした朝野太陽は、
幼馴染の夜桜六美にのみ心を許していた。
ところが六美の家は忍の血を引くスパイ一家であった！
妹を溺愛する凶一郎から暗殺されないように、
太陽と六美は結婚することに！
初の小説版となる本書では、
漫画では描かれなかった夜桜家の日常が次々と明かされる！
中学時代に生徒会長だった凶一郎が学内の問題解決に取り組んだり、
四怨が嫌五と一緒にプロゲーマーのスパイと対決したり、
六美が七悪とスパイ料理の選手権に参加したり、
二刃が辛三とお化け屋敷へ潜入したり……
小説でも夜桜家の活躍は止まらない！

夜桜さんちの大作戦 contents

夜桜家観察日記

To Do Mission

Mission:
Yozakura Family

生徒会長・夜桜凶一郎

Mission:
Yozakura Family

「遅かったな聖司」

仏山聖司が暖簾をくぐると、既に飲み始めていた夜桜凶一郎が手招きをした。貼りついたような笑顔の中にからかいの色が見える。

「お前が来るまでこのメスゴリラと二人だったんだぞ」

「こっちのセリフだシスコン」

年季が入ったボロボロのカウンター席に、凶一郎から一席空けて不動りんが座っている。酒を飲んでも何の変化もない凶一郎に対し、彼女は顔が赤くなっていた。

この二人の間に座ることで被る面倒を思って一つため息を吐いてから、空けられた椅子に座る。すると、テーブルに付いた傷が新しいことに気が付いた。よく見れば他の客は、こちらから離れた席に数人いるのみで、彼らも怯えたような目をしている。

どうやら二人は既に暴れた後のようだ。犬猿の仲の二人をして、こうなるのは当然というか、織り込み済みだ。

店長の顔も三度。

元金級(ゴールドランク)スパイの店主が経営する居酒屋「酔(よ)いがくれ」のルールである。この三人で飲むときは、暴れても二度まで許されるこの店に集まることが多かった。高架下、赤提灯(あかちょうちん)が仕事終わりのスパイたちを誘(いざな)う、裏社会の口コミサイトで毎年百名店入りする老舗(しにせ)だ。

そして、禿(は)げ頭に手ぬぐいを巻いた店主がわざとらしく放つ殺気は、「これ以上暴れるな」というツーアウトの警告に他ならなかった。

「もう二回も暴れたのか」

「この変態が悪い」

「悪いのはこの女だ。まあ聖司が早く仕事を終えれば一回で済んだんだがな」

「誰のせいだと。……生(ナマ)。それと適当におでん五品ほど見繕ってくれ」

仏山は答えながら、店主の殺気のことは気にせず注文をする。店主が微(かす)かに頷(うなず)いた、かと思うと次の瞬間には良く冷えた生ビールと、大根、牛スジなどの入った熱々のおでんがテーブルの上に置かれていた。

「俺はお前の尻拭(しりぬぐ)いをさせられていたんだぞ」

「依頼は完璧にこなした」

今日は凶一郎、仏山、りんの三人での仕事だった。本物の忍者一族が経営するテーマパーク『本格忍者の里　伊賀(いが)』。忍ぶ気のないその施設で、準備が進められていた大規模なテロ計画を実行前に潰す、というものだ。

「俺が本丸を叩(たた)き、りんが指揮するヒナギクが散らばった残党狩り。聖司が事件としての処理をする。計画通りじゃないか」

「計画には施設の城を破壊するなんてなかっただろ。あれ一応表向きは地域のシンボルで観光資源だったんだ」

そう言う仏山のため息も凶一郎はまるで気にするそぶりがない。

「その方が速く確実だ」

「やり過ぎだ。派手に物を壊されるとこっちの処理が大変なんだよ」

仏山は愚痴りながらビールに口をつける。早くも顔が赤くなってきていた。

「それに、どうせこの店で飲むことになってたんだ。手伝っても良かっただろ」

「仕事終わりにはまず家に帰り、六美(むつみ)分を摂取しなければならないからな。飲みはその後だ」

このシスコンは……と今更ツッコむ気も出ず、仏山はビールを呷(あお)った。

馬鹿にするようにりんが鼻で笑う。

「仕事が雑だな」

「貴様にだけは言われたくない」

「こないだ太陽(たいよう)に仕事頼んだけどよ、あいつの方がよく働いていたぜ」

「ほう、奴と比べるとは。馬鹿にするにもほどがある」

「なあ聖司。そう思わないか」

「まあ、実力はまだまだだが、『よく働く』というのはそうだな。太陽は使いやすい」

「おい、それ以上奴の名前を出すな。酒が不味くなる」

りんは無視をする。

「よし、多数決で太陽の方が有能ってことな」

はっはっはと豪快に笑うりん。おでんを口に運ぶ仏山も否定しない。

普段ならすぐに手が出るような冗談にも、既に乱闘ツーアウトということで凶一郎は笑顔の奥で歯を食いしばった。

酒も入り上機嫌でりんは続ける。

「こんな無能変態兄貴に六美はやれないなー、やっぱ」

「貴様が六美の名を出すな。六美が汚れる」

りんは無視をする。

「はー、六美。イカれたこの業界の癒やし。お、そうだ、今度うちでお泊まり会でもしようかねえ」

「聞き捨てならないな。六美を貴様のような脳みそ筋肉の下へは送れん」

「過保護変態バカの意見は聞いてねーよ。六美ならおっけーしてくれるだろ」

いい事を思いついた、といった様子でりんはウキウキしだす。

「ふん。やはりやるしかないようだ」

「おお。望むところだ」

「おいおいツーアウトなんだろ。まだおでん頼んだばっかなんだ勘弁してくれ」

仏山が席に着いたまま視線もやらずに声だけかけた。

「乱闘にはならん。一瞬で消し去るからな」

言い切る前に凶一郎が鋼蜘蛛(ハガネグモ)を構える。この店どころかここら一帯を粉微塵(こなみじん)にする勢いだ。

しかし、その瞬間。

店内を凄(すさ)まじい殺気が満たした。空気が張り詰め、二人はお互いから目線を切り、殺気の出どころに身体(からだ)を向ける。

そこには、先ほどと変わらず働く店主がいた。動きは調理を続けている。しかし、プロであればその場にいるだけで戦闘態勢に入ってしまうほどの圧が発される。

そして、無言で差し出されたおでんの具は「しらたき」「ズッキーニ」「かまぼこ」「にんじん」。その頭文字に気付いた凶一郎とりんは、席に戻った。

「……ほう、おでんの具にズッキーニというのも意外と悪くないな」

「知らないのかお前。最近流行(はや)りなんだぞ」

着席する二人に、仏山がため息を漏らす。

「ほんと変わらないな。昔から喧嘩(けんか)ばっかで、凶一郎はやりすぎで……そう、あの時だってお前は――」

酔いが回ってか、仏山には思い出す事件があった。

同じ中学の同級生だった三人。

それは、十五歳。中学三年のときのことだった。

「また0%だってな」

放課後の生徒会室。片手で鋼蜘蛛を弄びながら書類に目を通す凶一郎は、仏山のその言葉を一笑に付した。

「何の意味もない数値だ」

改善の意志が微塵も見られないことに仏山はため息を吐く。

支持率0%。

普通ならありえない数字を叩き出しながら、生徒会長の座についていたのが、中学三年生の夜桜凶一郎その人だった。

自己中心。傍若無人。他人の都合などまるで考えず、常に人を食ったような態度をとる。犯罪レベルのシスコン。ドブの底を煮詰めたような性格の前では、整った容姿も、文武両道の優れた才能も全てマイナス評価に転じる。

カス、クズ、ゴミ。表でも裏でもそう呼ばれる凶一郎についてくる生徒会役員はおらず、この部屋で彼はいつも一人だった。

たまに訪ねてくるのが風紀委員長の仏山と、

「おい凶一郎、ここの予算もっとくれよ。大玉転がしの大玉をもっと巨大にしてえ」

生徒会室の扉を乱暴に開けて入ってきた、体育祭実行委員のりんだった。

「うるさいぞ。もっと静かに入ってこい。それにそんな下らん使い方は却下だ」

「はー、この面白さがわからねーとはつまらねえ奴だな。そんなんじゃまた支持率0％だぜ」

「もう0％だったぞ。さっきアンケート調査の結果出てた」

「お、聖司もいたのか。てかマジかよ、十か月連続じゃねーか」

りんが不憫（ふびん）なものを見る目を向ける。

「……六美に教えてやろ」

「……支持率などどうでもいいが……俺と六美の仲を引き裂こうとするとはいい度胸だ脳筋メスゴリラ」

「あぁ？　何だ喧嘩なら買うぜ？」

あっという間に臨戦態勢。そして次の瞬間には、空を裂く鋭い体術の応酬が始まっていた。

今日は参戦せず、観戦モードの仏山は面倒に巻き込まれないよう壁に椅子を寄せて座る。

「凶一郎。そのままでいいから早く会計報告書まとめてくれよ」

「今こいつの持ってきた書類で資料が揃ったところだ」

「あたし待ちだったか。そりゃ悪かった」

資料に目を通しながらも喧嘩の手を止めない凶一郎と、軽く謝りながらも喧嘩の手を止めないりん。こうやって毎日騒ぎを起こすのも、支持率を下げる一因だった。

蹴りを避け、鋼蜘蛛を放ち、資料に目を通す凶一郎に仏山が尋ねる。

「で、どうだ？」

「予想通りだ。野球部の部費に不可解な点がいくつもある」

「んだよ、悪い話かよ」

その言葉を聞いて状況を察し、りんが手を止めて戦闘モードを解いた。最後の一撃と放った凶一郎の蹴りが受け切られたところで、喧嘩が中断される。

「部費の横領事件ねえ。何か怪しかったのか、聖司？」

「まあちょっとな」

「ふん、こんな事件。一瞬だ」

そう言って、凶一郎は普段にも増して余裕ぶった笑みを見せた。

支持率０％でありながら凶一郎が生徒会長の座にあるのは、圧倒的な実績ゆえである。

中学への近隣住民からの評価改善、部活動実績、進学実績、ボランティア実績など、凶一郎が生徒会長になってから、過去にないほどの成果を上げていた。保護者・ＯＢからの寄付も例年の数倍では済まない。たった一人の生徒会で、誰にも文句を言わせない結果を出しているのが凶一郎だった。

プロのスパイとして活動している彼にとっては、どれも朝飯前である。

……やり方はさておき。

「仕事で重要なのは、結果だ。支持率など関係ない」

そう言うと、凶一郎は生徒会室を出ていった。早くも横領事件の犯人の元へ向かったのだろう。迅速な解決。また生徒会長の辣腕(らつわん)が振るわれるに違いない。

しかし。

「……事件だけ見ればいいって訳でもないんだろうがな」

残された仏山は、そう呟いた。

新緑の季節。中学最後の夏大会が迫り、どの部活にも活気がみなぎっていた。

グラウンドから運動部の声が、校舎から吹奏楽部の演奏が聞こえる。そのどちらからも少し離れた所に、部室棟がある。

凶一郎が生徒会長として改修を進めた校舎に比べ、その建物は老朽化が進んでいた。部室内に入りきらない用具が壁際に寄せられている。そのどれもが丁寧に使い込まれ、各部活の熱量が窺えた。

ここから夏が始まる、そんなさわやかな青春の陰で。

「俺の言いたいことはわかるな？　野球部三年、外村優太」

凶一郎は犯人を正座させていた。

野球部の部室内で、練習球の入ったカゴに腰掛けながら足を組む。凶一郎に見下ろされる形で、小柄な男子生徒が俯き、震えていた。

「ずさんな偽造領収書だ。縁故採用の秘書でももう少しまともにやるぞ」

「ひっ」

凶一郎が懐から取り出した書類を叩くと、外村は小さな悲鳴を上げた。

「この俺が生徒会長を務めるうちに、部費の横領とはいい度胸だ。もちろん覚悟はできてるんだろうな」

座っていたカゴからボールを手に取る。凶一郎が何度か手元で放ると、次にキャッチしたときにはボールは綺麗(きれい)に四つに裂けていた。

「締めて二十万円だ。返せなければお前もこうな」

「って、おおおい！　やりすぎやりすぎ！」

部室の扉が開けられ、りんがドロップキックと共に飛び込んでくる。不意ツッコミでよけられなかった凶一郎は、蹴り飛ばされてボールだったものを落とした。

「なに白昼堂々と同級生脅してるんだよ」

乱入したりんに外村が目を白黒させていると、遅れて仏山が入ってきて文句を言う。

「念のため見に来たら……。もう少しやり方は考えろよ」

「これが一番手っ取り早い」

それほどダメージになっていない様子の凶一郎が、涼しい顔で学ランの埃(ほこり)を払った。やり方を咎(とが)められたことに関しても気にしていないようで、二人はため息を吐いた。

「風紀委員長の仏山に……三組の不動さん……？」

「あ、別に助けに来たわけじゃないぞ」

仏山はしゃがみ、正座したままの外村に目線を合わせて話しかける。

「俺も悪は徹底的に叩く派だが……おい、とりあえずお前これ認めるか？」

そう言って凶一郎から受け取った書類を外村に見せる。

「これは先月の用具の購入履歴だが、実際に購入したのは硬式球十ダース。だが、購入数が四十に改ざんされ、値段も変わっている。それに、新調したと報告のあったバットや練習用具だが、丁寧に修繕して古いものを使ってるみたいじゃないか」

チラと視線をやった先には、厚手のテープや鉄パイプの添え木で補修されたバッティングティーがあった。

「その他もろもろ……。計二十万円、金が消えていることになる」

外村は仏山の光のない瞳に耐えられず目を逸らすが、少し迷うような間があって、頷いた。

「……頼む、見逃してくれ」

「そうはいかない。お前の横領で本来部活動のために使われるはずだった金が消えてるんだからな」

凶一郎はきっぱりと言う。外村は助けを求めるように仏山とりんの顔を窺うが、二人は何も言わない。見逃すという選択肢は二人にもないとわかり、外村の表情は絶望の色に染まった。

「……じゃ、じゃあ、せめて……先生たちには俺の口から説明させてくれ。その方が――」

「それは無理だ」

「な、何で」

「この件はここでもみ消すからな」

「……は？」

思わず、といった様子で外村は顔を上げた。仏山とりんは、やれやれと呆れ気味だが、止める素振りは見せない。

外村が次の言葉が出ないままでいると、凶一郎が続ける。

「事を大きくする方が面倒だからな。お前の横領を公表したとして、学校の評判に関わるだろう？　野球部だって休部だ。大会にも出られない。だが、事件そのものをもみ消せばそれらの問題は全て解決する」

外村はまだ話を飲み込めていない様子で、周りをきょろきょろしている。

「ちょ、ちょっと待てよ。そんなのバレたらどうするんだよ。もしかしたらお前らまで」

「この俺がもみ消すんだ。そんなへマはしない」

凶一郎は再びカゴに腰を掛け、足を組んだ。古びた練習球を手に取る。

「お前が横領した二十万を返せば、この件は闇に葬ろう。罰金だなんだとケチなことも言わん。二十万でいいんだ。まあ……お前に選択肢はないがな」

「結局脅してんじゃねえか」

またボールをバラバラにした凶一郎をりんが小突く、が今度はひらりとよけて見せた。

「乗っとけ乗っとけ。学校側に知られたくないのはお前も凶一郎も一緒なんだ。バレてもそこはこいつのせいにすればいい。……もちろん、二度目はないけどな」

言葉が出ない外村の背中を、仏山が励ますように叩くが、その目が死んでいるので外村に芽生えるのは恐怖だけだった。

「聖司も脅し気味だな……。お前ら笑顔が貼りついてたり、目が真っ暗だったりで顔こえーんだよ」

呆れるようにりんがため息を吐く。

「外村だっけ？　あたしも横領なんてせっこい悪事とっとと償って更生しちまえって意見だが……ちなみに、消えた二十万はどうしたんだよ？」

「……いや、その……」

俯く外村の答えを待たず、凶一郎は鼻で笑う。

「俺は単なる正義の味方でもない。だが、当然鬼でもない。チャンスをやろう。——働け」

ビシッと、外村を指さす。

「二十万円。中学生の貴様には大金に思えるかもしれんが、問題ない。俺が割のいい仕事を紹介してやる」

「お前も中学生だろ」というツッコミはこの時の外村には思いつかず、もはやただただ凶一郎に従うしかないのだった。

視界を奪われると他の感覚が鋭敏になることを、外村は実感していた。

鼻腔（びこう）をくすぐる潮のにおい。浮遊感。波の音、自分の息遣い、機械音。普段であれば特別気にも留めない情報が、頭の中を駆け回る。

そしてその一つ一つは、彼の不安を煽（あお）る材料となっていた。

早朝、凶一郎に呼び出された外村は、車に乗せられるなり目隠しをされ、気付けばここにいた。

明らかに、船の上。

「ま、まさか……沈められる？」

「そんなわけがないだろう」

　その言葉と共に目隠しを外される。外村の視界には、予想通り海が広がっていた。家を出る時よりいくらか日が高くなった、綺麗な朝だった。波は穏やか。

　しかし、３６０度どこを見渡しても、陸地は見えない。空の青と海の青の境界に、水平線が走っている。

「貴様には横領分を返してもらわねばならない。どうせ殺るならバラして売りさばくさ。魚の餌にしても魚は金を出してはくれん」

「殺るって言った⁉」

「おっと……冗談だ」

「この状況じゃそうも思えないんだけど！　目隠しの時点でおかしかったけどこれ、マジでヤバい仕事なの？　合法？」

「お前が知る必要はない」

「お前……何者なんだよ……」

「生徒会長だ」

「いや」

「生徒会長だ」

「無茶苦茶だ……」

それ以上の質問を許さない圧に、外村は何も言えなかった。

反抗の意志が折れたのを確認した凶一郎が指示を出す。

「なに、何の変哲もない普通の漁船手伝いだ。仕掛けた網を引き揚げるだけ」

そう言って浮きを引き上げ、テレビで見たことのあるような機械のスイッチを入れた。モーターが回転し、事前に仕掛けられていたのであろう網が引き揚げられていく。

「網を手繰れ。獲物がかかったらそっちの水槽に入れろ。海面に気を付けながらな」

そう言うと凶一郎は、高そうなアウトドアチェアを組み立て、優雅に座って紅茶を飲み始めた。

「説明はそれだけか……」

しかしそれ以上文句を言う気力もなく、外村は黙って作業を始めた。

巻き上げられる網を引いていく。引き揚げ自体はモーターの力で行われており、魚も全然かかっていない。

正直単調で退屈な作業だと思った、その時だった。

ピシュッ。

鋭い、空気を裂くような音が鳴った。

外村はその音を倒れながら聞いた。

突然強い力で後ろから引っ張られ、仰向けに倒れる。元々外村の頭があったところを、何かが高速で通りすぎるのを、外村は見た。

「気をつけろと言っただろう」

外村を引き倒したのは凶一郎だった。椅子に座る凶一郎の右手からは、一本の糸が伸びて外村の背中につながっていた。尻もちをついた外村とは対照的に優雅な立ち居振る舞いで、凶一郎はカップに口をつけた。

「この時期、この海域では船が消える。ここで漁ができない原因が――」

「……今のは……魚？」

「ほう、見えはしたのか。意外といい動体視力をしてるじゃないか」

その瞬間、また空気を裂くあの音とともに、魚が飛来する。今度は凶一郎に向かって。

しかし凶一郎は瞬（まばた）き一つせず、それを片手で捕まえてみせた。

その手には、先が針のように鋭く尖（とが）った二十センチ強の銀色の魚が口をパクパクさせていた。胸びれが大きく開かれ、翼のようになっている。

「ダンガントビウオ。水面から飛び出し、高速で敵に突っ込む習性がある」

「殺意高い名前だな……」

「ちなみに四十センチを超える大物はミサイルトビウオと呼ばれる」

「破壊力上がってる⁉」

「見ての通り素人には危険だからな、一般には知られていない。新鮮なものなら刺身がおススメだな」

「素人には危険って……だからお前は何者なんだって」

同じことを言わせるなとでも言うように、凶一郎は鼻で笑って返す。そして彼が糸を引っ張ると、外村は強制的に立たされた。

「死にそうなときは俺が糸で避けさせてやる。お前はひたすら網を引いていればいい。ただ……」

パシャリ、水面で魚の跳ねる音がする。それも、一匹や二匹ではない。

外村の頬を汗が伝う。凶一郎は愉快そうに笑った。

「うっかり魚の餌にはならないよう祈るくらいはしていいかもな」


「……はっ⁉」

外村が目を覚ますと、そこは保健室だった。

「起きたか。もう少しで力ずくで起こすところだったのだが」

「そのバールとペンチとハンマーを全て合わせた拷問器具みたいなやつは何⁉」

恐怖と苦しみを与えるのに適した形の何かは即座にしまわれた。

「……って、いてて。体がボロボロだ、起き上がれない」

海域を抜けるとともに、気が抜けて眠ってしまった外村の身体は、疲労で動かなかった。

「おいおい、これから授業だぞ。困ったな」

発言の割に、楽し気な凶一郎に、外村の血の気が引く。

「お前、またろくでもないことを」

「授業をサボらせるわけにはいかないからな。生徒会長として生徒に健康に授業を受けさせねばならん……。と、いうことで気付け薬だ」

「くっさぁ⁉　それ何⁉」

取り出したビーカーに、粘度の高い紫色の液体が入っていた。煙を漂わせながら、マグマが煮えたぎるように発泡している。

「弟に効き目を試すよう言われてたんだが明らかに毒……いや、独特な味をしてそうだったからな」

「誤魔化しても意味ないだろその見た目じゃあ！」

逃げようとする外村だが、まともに動くことができない。

「おいおい、子鹿のように震えてるじゃないか。やはりこの薬が必要だろう……さあ……」

「や、やめろぉおお……!!」

そして校舎に悲鳴が響いたが、数分後、その声の主とは思えない晴れやかな顔の外村が、保健室から出ていくのだった。

「おい。人の机に生魚を直で入れるな馬鹿」

「喜んでくれたか?」

「教科書が魚くせえんだよ」

生徒会室で仕事をする凶一郎に、仏山が丸めた教科書で殴りかかった。上段の構えから英語(魚臭い)で袈裟斬り。受け止められたところをすかさず数学(魚臭い)で水平に振るう。凶一郎はバックステップで避けつつ距離を取る。

互いの間合いが離れた所で、仏山が投擲武器を繰り出す。鋭い針のようなそれを、凶一郎は見事摑んでみせた。

その手には、ダンガントビウオ。

「あと、俺は不器用なんだ。差し入れなら捌くところまでやってくれ」

そう言って仏山は凶一郎に向かってもう三匹ダンガントビウオを投げた。

凶一郎は鋼蜘蛛を振るい、ダンガントビウオは一瞬で全てが刺身になって盛り付けられていた。

「醤油とわさびは持ってきてやった」

それで喧嘩は終わり、仏山は座って刺身を食べ始めた。うまいうまいというその表情は無のままだ。

二人が刺身に舌鼓を打っていると、今度はりんが生徒会室にやってきた。

「おい凶一郎。体育祭のスタートピストルを全部花火にしてえから予算増やしてくれ！　って、何だうまそうなもんあるじゃねえか」

「馬鹿な提案をするな。まだ魚は残っているから自分で捌くんだな」

「ええーやってくんねえのかよ」

凶一郎はりんに向かってダンガントビウオを尖った方を先にして投げつける。

海上で聞いた時と同じ空気を裂く音がしたが、りんも難なく掴み取ってみせた。

「包丁いるか？」

「いやいい」

そう言うと、りんは手刀で魚の頭と尾を切り落とした。鱗も内臓もそのまま、ただのぶつ切り。

「ここにも不器用がいたか」

「食えればいいんだ食えれば」

凶一郎の悪口も気にせずに食べ始める。

「うん、うまいな。これ、外村が取ってきたのか？　やるじゃねえか」

「そうだな、意外とやる」

仏山が無表情のまま答えた。

ここに来た元々の理由など忘れて、りんが続ける。

「なんで横領なんかしたんだろうなあ」

「ああ、そうそう。それなんだがな」

そう言って仏山が何枚かの写真を机に置いた。

「凶一郎、調査終わったぞ」

写っているのは、凶一郎たちの中学の二年生数人だ。

「予想通りだ。連中、クロだ。いや、この場合はシロか」

「何の話だよ」

またも一人、置いてけぼりのりんが突っ込む。

「まあ、本当に悪いのは誰かって話だ」

仏山は食後のお茶をすすりながら説明した。

「最近ふらふら遊びまわってるのを見かけてたんだが、こいつらは野球部の幽霊部員だ。上手く隠してたようだが、たまに部活に顔を出しては悪さしてたらしい。そして、外村を脅して金を巻き上げた」

「はあ？　何でそんなの従うんだよ。殴って返り討ちでいいだろ。外村って腑抜けなのか」

「外村がどうだろうと、従わざるをえないんだよ。ついでに、助けを求めることもできない」

「……いやますますわからん」

仏山の説明に、りんが首を傾げる。その角度は九十度を越えそうだった。

「こいつら一応『野球部員』なんだ。で、見方によっちゃあ、他の部員をターゲットに部内いじめをしてたってわけだ。……不祥事が発覚すれば、野球部が活動停止になる。野球連盟はそういうの全体責任って判断することが多いからな。最後の大会は出られない」

「……はあ、なるほどな」

得心がいったりんの首が正常に戻った。しかし、その表情は穏やかでない。

「しかもこいつら、最近は何もしてないみたいでな。外村に横領させて結構な額が入ったんで、わかりやすい悪事は控えてるみたいだ」

「被害者は声を上げられなくて、犯人がおとなしくしている今は新たに現場を押さえることもできないってか」

十分情報が揃えばりりんも頭の回転は悪くない。状況を理解する。

「それがシロ、ってことか。薄汚いやろーどもだ」

舌打ちが生徒会室に響く。

「んで、どうするんだ？」

りりんの問いに、笑顔のまま、しかし微妙な表情の凶一郎が口を開く。

「事件にしたくない、というのは俺も同意見だ。下手(へた)につついて事件を起こされるよりは、放っておいた方がいい。どうせ何かする勇気もないクズどもだ。そして、そんなのに振り回されて横領に手を出す馬鹿の相手はしてられん」

「おいおい、そんなんでいいのかよ」

非難の目が向けられるが、仏山が補足する。

「実際、この幽霊部員どもが結構厄介でな。将来を期待されていた推薦入学者や、大口の寄付をしてるＯＢの息子とか、事件が発覚すれば評判という点ではダメージは結構でかいぞ。そこのケアまで考えると、手を出すのは簡単じゃない」

「でもよぉ」

「俺は忙しいんでな」

それ以上の反論を遮るように、凶一郎が言う。

逃げの言い訳のようで、それは紛れもない事実だった。

本業のスパイの仕事も最近さらに増えてきた。夜桜の長男と言えばその名は既に轟いていたが、最近は輪をかけて依頼が難しく、数も増えてきている。

そんな中でも、学校の評判が過去最高となっているのだ。裏で凶一郎がどれだけのことをしているか、わかる者はごくわずかだろう。

最近は廊下で騒ぐ凶一郎を見なくなっていた。

いつの間にか、中学生として馬鹿をやっている凶一郎ではいられなくなっていたのだ。

「最小限のコスト、リスクで、最大限のパフォーマンスを出す。生徒会長としての結果を求めるのなら、この事件は二十万が戻ってきた時点で解決だ。わかったなら俺は帰るぞ。今からも大事な用事があるのでな」

「六美。奇遇だな。お兄ちゃんと一緒に帰ろうか」

「待ち伏せてたのバレバレだよお兄ちゃん」

一緒に下校していた同級生と別れた曲がり角。一人になった六美に、電柱に背を預けて立つ凶一郎が声をかけた。

赤いランドセルに黄色の帽子。この春小学四年生になった六美は、凶一郎に微笑み返す。

「でも、待ち伏せ久しぶりじゃない？」

そのまま歩く六美の隣を、凶一郎が陣取った。

「俺だって本当は毎日六美と帰りたいんだがな」

「そっか。最近わたしが太陽君と家の前まで一緒にいるから一緒に帰れな……って悔しさでハンカチ嚙みちぎるのやめてお兄ちゃん」

夜桜家の秘密を守るため、六美は一人っ子という設定で学校に通っている。兄弟持ち回りで護衛についていたが、同級生との登下校に堂々と現れることはできない。

「今日は太陽君委員会のお仕事みたいだから」

「ふん。仕事を言い訳に六美を放っておくなど見下げた奴だ。俺はいつもの倍の速度で仕事を済ませてきたぞ」

「変な張り合いやめて」

引き裂かれたハンカチをポケットにしまうと、凶一郎は落ち着いた。

「どうだった今日の学校は」

「今日はねー、料理クラブでクッキーを作ったんだー」

「ああ、かわいい星型にできていたな。美味しかったぞ」

「……え？　食べたの？　いつの間に？」

「お兄ちゃんが六美の手料理を見逃すわけないじゃないか」

ドン引き半分、諦め半分で六美はため息を吐いた。

「お兄ちゃんは？　学校どうだった？」

「ああ、今日もお兄ちゃんは学校で大活躍だ。テストは満点、笑顔も満点。生徒会長として皆に慕われてるぞ」

「……そうなんだ」

それを聞いた六美は気まずそうに凶一郎から目を逸らした。

「どうした六美、何かとてもかわいそうなものを見るような目をして」

知らないふりをするのも優しさかと、小学四年ながらに迷った六美だが、結局は口を開く。

「実は、この前りんさんに会った時に聞いたの……。お兄ちゃん、生徒会長なのに、支持率が0%だって」

「……あの女」

口角が上がっているのに無表情に見える暗い顔で、凶一郎は殺意を全身から漂わせた。

「だ、大丈夫だよお兄ちゃん。支持率0%ってことは、ここから上がっていくだけだもん。今ちょっとくらい情けなくても、隠さなくてもいいんだよ」

「な、情けな……」

「あっ、いや、えっと。みんなが知らなくても、お兄ちゃんが生徒会長としてがんばってるの、わたし知ってるよ」

そう言うと、六美は今歩いている街並みに目を向ける。

「みんなが安心して登下校できるよう街のしゃかいてきごみそうじをしたり」

路地裏のゴミ箱には、ここに来る前に凶一郎が片付けたヤンキーが逆さまに刺さっているし。

「学校の人の成績が上がるよう、通学路のポスターに試験範囲をのせてさぶりみなるべんきょーさせたり」

掲示板や電柱には政党や地域の催しのチラシに交じって「三平方の定理」やら「白紙（89

4）に戻す遣唐使」など文言が隠れていた。
「ふん。当然だ。お兄ちゃんは支持率なんか関係ない、実績最高の生徒会長だからな」

「表面の性格は…………………あれだけど」

「その長い沈黙の中には愛があると信じてるぞ六美」

六美の視線は空中をさまよった。しばしの放浪の後、視線と話を戻す。

「……でも、お兄ちゃんのすごさはそこじゃない。本当に困っている人がいたら助けてくれる。お兄ちゃんのすごさは、優しさだもん」

その言葉に、凶一郎はハッとする。

「わたしにはいつも優しいけど……、前に散歩してる土佐犬に振り回されるおばあちゃんを助けたときとか、お忍びで日本に来た某国の王子さまがクレーンゲームで沼ってるのを手伝ってあげたときとか、いろんなひとのこと助けてる」

「例に出すのが特殊事例だな」

「そんな変な事件でも解決してるってことだよ。きっと学校のみんなは平和だから気が付かないんだ。その平和もお兄ちゃんのおかげなんだけど」

凶一郎は思わず笑ってしまう。

最愛の妹が、自分の味方でいてくれる。それなのに最近の自分は何を目指していただろうか。

うわべだけの数字に勝手に焦って、六美が尊敬してくれる自分を殺してはいなかっただろうか。関係ないと口では言いながら、ただの数字でしかない支持率を、ただの数字でしかない実績で上塗りしようとしていただけではないか。

「だから、知らないだけの人が何言っても関係ないよ。数字なんて関係ない。いつでもお兄ちゃんは、困ってる人はみーんな助けちゃうヒーローだもん」

何より、自分をわかってくれている六美を見くびってはいなかったか。

そんな凶一郎を見透かすように、六美の純粋な目が彼を射抜く。

「ね？」

「……ああ」

最早(もはや)、尊敬されるお兄ちゃんのやることは決まっている。

昼休みの生徒会室を、いつにもまして不機嫌そうな仏山が訪れた。
「おい。リスニング中に意味不明の不協和音を流すのはやめろ馬鹿。おかげでまるで授業についていけなかったんだが」

「何のことだ」

「お前の糸から流れてんのにとぼけるのは無理だろ。何の音だアレ」

凶一郎は鋼蜘蛛を介して振動を伝え、糸でつながった相手に音を届けることができる。これのことかと凶一郎は小型スピーカーと鋼蜘蛛を見せながら答える。

「これは六美の歌だ」

「……マジか。歌とは思えなかった」

「生歌(なまうた)はもっと感動的だぞ」

「そーかいつか聞かせてもらいたいもんだー」

棒読みで仏山が返すと、りんも生徒会室にやってきた。

「おい凶一郎。音楽の授業中に変な音聞かせるのはやめろ」

「何だよりんにもやってるってことは、ちょっかいかけただけじゃなくて呼び出しか」

「ん、聖司も呼ばれたのか。素直に声かけられないのか不器用な奴だな」

「お前に言われたくない」

二人して呆れたように笑うので、凶一郎は不愉快そうにした。しかし、手が出そうになるのを何とかこらえると、二人にあるものを放(ほう)った。

「これは……あんぱんか？」

「これ、半年に数個、しかもサイレントにしか入荷しない伝説のあんぱんじゃん！　今日だったのか」

「俺は生徒会長だ。購買の入荷品の把握など造作もない」

そう言うと凶一郎は腕を組み、口元に手を当てた。

「それをやるから手伝え。……外村の横領の件、真犯人を叩くことにした」

その言葉を聞き二人は一瞬面くらったが、あんぱんと凶一郎を数度見比べて笑った。

「何だ何だ。結果重視じゃなかったのか？」

ニヤニヤと笑うりんが凶一郎の肩に乱暴に手を回す。

「ふん。結果が重要というのは、間違っていたとは思わん」

凶一郎の眉間にしわが寄るが、りんを邪険にはできなかった。

「……だが、やり方が中途半端だった。ただの問題解決じゃない。効率重視じゃない。徹底的にやり、全てを完璧に解決し、そして、六美に尊敬される。真に結果を求めるとは、そういうことだ」

そう言う凶一郎は、外村の放置を決めていたときより子供のような顔をしていた。何か企むような、それでいてすがすがしい、自分に敵などいないといった顔。

「はあ、おせえよ。らしくねえぬるいことしやがって」

「まあそう言うな。悪いのは全てこいつの性格とはいえ、支持率０％じゃ、大好きな妹に幻滅されるんじゃないかって焦ったんだろうな。行き着くのが性格を直すんじゃなくて実績で黙らせる方向なのが支持率のなさを物語ってんだが」

「やっぱり不器用じゃねえか」

二人はまた呆れ顔だ。だが、どこか満足気でもある。

それを否定するように、凶一郎が鼻で笑った。そして、堂々と言う。

「俺は元からこうだ。いつでも俺は、困ってる人はみーんな助けちゃうヒーローだからな」

○○実験、地下××、●●●●……。この一か月間、外村は数々の「バイト」をこなしていった。
元々真面目な人間だ。根性もある。最後の大会を潰させまいとして道こそ違えてしまったが、いじめの犯人たちの要求を一身に受け、あの日も使えなくなった部費の分、一人備品の修繕に励んでいたのだ。

そうした償いと、横領分の労働が終わろうかという今日、部室棟の裏には、神妙な顔の外村がいた。手には、凶一郎に返済する予定の稼ぎ、二十万円があった。

凶一郎の無茶な労働からの解放を目の前に、外村の表情が晴れないのは、自分の机の中に呼び出しの手紙を見つけたからに他ならない。

差出人は不明。しかし、手紙に指定されたこの時間帯のここは、例の幽霊部員たちがたむろしている場所だった。

外村が部費を渡してからは、遊ぶのに忙しいのか野球部に絡んでくることはなかった。自らの手を汚し、自分を犠牲にしてやっと部に訪れた平穏。しかし、その間も彼らにされたことの記憶は消えていなかった。

そしてそれは、きっとまた……。

現れたのは、ニヤニヤと笑う男子生徒が三人。他でもない、犯人の幽霊部員たちだった。

「おやぁ？　外村じゃないか。お前には助かってるぜ。会いに来てくれたんだな」

外村を見つけるや否や、リーダー格の男が外村と乱暴に肩を組んだ。全身が強張（こわば）るのを感じる。

他の二人もそれを囲むように立ち、逃げ道を断った。

「丁度良かったよ。お前にもらった金、そろそろなくなっちゃいそうでさあ」

「どうやって用意したか、俺らは知らないんだけどさあ……もういっかいくんね？」

告げられたのは予想通り、更なる金銭の要求だった。

手にはちょうど二十万がある。しかし、もうお金を渡すことはしたくない。かといって、ここで断って、何をされるかもわからない。

はい、とも、いいえとも言えず、外村は固まってしまう。

下品な笑い声が降り注ぐ、その時だった。

『こんなに簡単にかかるのか。魚以下だなこのクズどもは』

それは凶一郎の声。

外村は顔を上げる。その姿は見えない。

幽霊部員たちには何の反応もなかった。

鋼蜘蛛を使い、遠隔で外村だけに聞こえるように声を届けている。無論、その理屈は外村には理解不能だが、凶一郎はそんなことをいちいち説明しない。

『外村。最後の仕事だ。お前はただ、目を開けていろ』

「え、何？　どうやって……ってえええええ⁉」

『それと、うっかり俺がやり過ぎないよう祈るくらいはしていい』

外村の身体が勝手に動く。動く、動く。目にもとまらぬ速さで、拳(こぶし)が犯人の顔を打ち抜く。

まるで腰の入っていない、腕だけが伸びた状態。しかし、物理法則を無視した打撃が、次々に幽霊部員たちを倒していく。

糸を介し、凶一郎が外村の身体を操った。それは、いつかのトビウオ漁の時のように。

「な、なんだこいぶふおぉ」

最後の一人の顎を不格好なアッパーが捉えると、辺りにはもう伸びたいじめっ子が仰向けに倒れているだけだった。

糸に引っ張られる感覚がなくなり、外村は力が抜けてその場に座り込んだ。

「やるじゃないか、見違えたぞ」

手を叩きながら悠然と凶一郎が現れる。その後ろには仏山とりんもいた。

「撮影もばっちりだ」

「よし、どこからどう見ても正当防衛だな。勇気ある若者がいじめっ子を撃退した。これで証拠は押さえた」

「なんだ、あたしらの出番ないじゃねえか。つまんねえ」

「いや……ちょっと、これ、え？」

状況を飲み込めない外村に、仏山が説明する。

「あいつらを懲らしめるために現場を押さえたかったんだ。悪いがおとりになってもらった」

「じゃあ……」

「手紙はこの悪人面のもんだ」

「聖司も大概だろう」

やれやれと凶一郎はため息を吐いた。

「それに、外村はただのおとりじゃない。奴らを撃退したヒーローになってもらった。これだけばっちり動画が残っていれば、部内にいじめがあったんじゃなく、あいつらが悪くて、他部員はただの被害者だったと主張できるだろう。反抗したことで、いじめを見逃していたなどと問題になることもあるまい」

すると、凶一郎は座り込んだ外村の手を取り立ち上がらせた。そして、目線を合わせて尋ねた。

「多少の手助けはしたが、気分はどうだ。魚以下のクズに屈してたのが馬鹿らしくなっただろう?」

「……言えてる。今日までやらされた仕事に比べれば、全然大したことない」

やや引きつり気味なものの、外村は歯を見せて笑った。それは、ここ一か月で一番の笑顔だった。

後処理はやっておくと告げ、外村は先に帰らせた。その背を見送りながら、凶一郎は言う。

「外村に、奴らに打ち勝てるだけの強さをつける。これも、完璧な結果には重要だ。この先、些細(ささい)な障害でまた躓(つまず)かれても困るからな」

「最初からこのために外村を働かせていた、とでも言いたげだな」

「当然だ」

「いやいやいや。見捨てる気満々だったじゃねえか。無理あるだろ」とりん。

「言っただろう。結果が全てだと。途中違ったとしても、そうなっている」

キラン、と星でも見せるようなドヤ顔の凶一郎に、二人は揃ってため息を吐く。

「……まあ、この際そっちはいい。だが……」

そう言って仏山が部室棟の壁に手をつく。

するとガラガラという音とともに、壁がバラバラになって崩れ、支えられなくなった屋根が崩れ、それが連鎖的に広がっていき……。

部室棟だったものは、ただの瓦礫(がれき)となってしまった。

「……これはやり過ぎだろ」

そう言う仏山は珍しく頬に汗をかいている。

「……つい興が乗ってな。だが、とてもすがすがしい気分だ」

瓦礫の一つ一つは、直線的な切り口をしていた。鋼蜘蛛を介し、遠隔で外村を操った凶一郎。思うままダイナミックに動かした結果、操る鋼蜘蛛は激しく舞い、通ったところにあったもの

を切り刻んでしまったのだ。

「お前、なんだかんだこの件にフラストレーション溜めてたんじゃねえか」

りんのツッコミに、凶一郎も否定はしなかった。

凶一郎は少し腕を組んで考えるそぶりを見せると、ポンと手を叩いてドヤ顔を続けた。

「部室棟も改修が必要だったんだ。これでその際の解体の手間も省ける。ここまでやるのが俺の完璧な結果だ」

「いや百歩譲って最終的にはそうなるかもしれないけどよ……その間の部室棟どうすんだ？　あたし、体育祭の用具もここにしまってたし……てか、そもそもこれなんて言い訳するんだよ。もみ消せるのか」

「……お前ら、あんぱん、食ったろう？」

「は？　いやいやいやいや」

「割に合わねえだろ流石に！」

ぶんぶんぶんぶん、と二人が首を振る。流石にこれに巻き込まれるのはたまったものではない。

しかし。

「お前らも手伝え」

凶一郎は悪びれるそぶりもなく、そう言うのだった。

「あの時だな、お前のことを殺そうと最初に思ったのは」

「ふん。あれも何とかなったじゃないか」

酔いが回ってきた仏山が愚痴モードになる。りんはいつの間にか眠っていた。

あの事件をきっかけに考え方を変えた凶一郎は、それまで以上に生徒会長としての実績を積んでいった。完璧に結果を求める、その姿勢は徐々に伝わり、卒業時の支持率はなんと10%まで上がったのだった。

それ以来、凶一郎の言う「結果を出す」は、それまでとは一味違うものになっている。

「この前の橋の件も、今日の城もそう。結果よければすべてよし、だ」

そう言って凶一郎は、お猪口(ちょこ)に口をつけた。

マジカル四怨のコスプレ大作戦

Mission:
Yozakura Family

「いやだめんどい行きたくない」

壁に埋め込みの巨大モニターの光が部屋を照らす、不健康そうな部屋。その主である四怨は、寝転がってゲームをしながら答えた。

「ええ～いいじゃんか～。四怨暇だろ？」

部屋中に散乱する四怨の読みかけ漫画を物色しながら嫌五は文句を言った。弟らしい、駄々をこねるような声色も、一歳差の四怨相手では無視されるのみだ。

「な～頼むよ～」

「な～頼むよ～」

「な～頼むよ～」

「うわっ。ど、どうしたんです？　この状況」

通りすがりに、嫌五のバルーン人形「ケンゴちゃん」数体が四怨を取り囲む様子を見た太陽が尋ねた。

「嫌五が自分の仕事にあたしを巻き込もうとすんだよ」

「いやいや、四怨は遊んでるだけでいいんだって」

「遊んでるだけって、どんな任務なんだ？」

二つ上である四怨には敬語、一つ上である嫌五にはタメ口の太陽が、今度は嫌五に尋ねた。

「あるゲーム会社が持ってる顧客データの受け渡しがあるんだよ。いろんな不正の証拠がたっぷりのやつ。それを奪っちまおうって話」

「へえ。四怨姉さんがハッキングするってこと？」

「いや、今回はあたしのハッキングはなしだ。そういう情報は物理メモリの直接受け渡しが多いんだよ。通信を介さない方が安全だからな」

「そそ。そこで俺が取引相手に変装して、代わりに受け取っちゃう作戦なのよ」

「なるほど。……ん、じゃあ四怨姉さんを呼ぶ理由は何だ？　嫌五だけで済みそうだけど」

　すると嫌五がふっふっふと笑う。

「いい質問だ太陽。受け渡し場所と相手が味噌なんだよ。取引が行われるのは国内最大級のゲーム情報イベント『ジャパンゲームフェス』、取引相手は超有名ゲーマー『タッ・ゲーム』だ」

「え、ＪＧＦ⁉　バリバリ一般人向けのイベントじゃないか。そんなところで不正情報の受け渡しがあるのか」

「人を隠すなら人ごみの中ってな。それにそこならタツ・ゲームとゲーム会社が接触するのは何も不自然じゃない」

「確かに、会っていたってだけでも見る人が見れば怪しいと感じるかもな。俺でも聞いたことあるような有名人のタッツ・ゲームならなおさらだろうし」

タッツ・ゲームは、今日本で最も人気のあるプロゲーマーだ。あらゆるゲームジャンルの大会で結果を残し、配信者としてもチャンネル登録者数は百万人を超える。

「裏でも闇情報屋兼業のプロ改造ゲーマーとして超有名人だぜ。ＳＮＳのフォロワーは一千万人」

「裏の方がフォロワー多いの⁉」

「裏はサブアカウントがめっちゃ多いのもあるけどな」

「……なるほど。それならＪＧＦが取引現場になるのも頷けるな」

ヤバい情報の受け渡しというから、てっきり港の倉庫とかでやるものだと思っていた太陽だが、嫌五の説明に納得する。

「んで、ゲームショーなら四怨連れてったらおもしれーかなって」

「新作情報なんて全部把握済みだ。ナメんなっつーの」

そう言いながら、四怨は画面内の巨大な龍にとどめを刺した。話半分ゲーム半分だが、彼女のプレイは順調そうだ。

「うし、これでサーバーダウン、任務完了っと」

「ちゃんとした理由もあるぜ。俺が変装中、取引現場にタツが現れたら面倒だからな。四怨には奴（やつ）を引きつけておいてもらいてーの」

「引きつける？」

「タツがＪＧＦに呼ばれてるのは新作ゲームの対戦会をやるためなんだと。『新作ゲームならタツ・ゲームにも勝てる⁉』って企画でな」

「そこであたしが戦って、対戦会を引き延ばしてる間に変装した嫌五が取引するっつーんだが……。引きつけるにしてももっと楽なやり方あるだろ」

「俺ってば、楽しい事しかしない主義」

手を頭の後ろで組んで嫌五がにゃははと笑う。

「そんなん付き合ってらんねーよ」

「嫌五の楽しみのためか」

四怨は呆（あき）れ顔、太陽も苦笑した。

ここまでは全く取り付く島がない。しかし、ここからが嫌五の交渉の本領発揮だった。

キラン、嫌五の目が光る。

「あれあれ～？　四怨の姉さんってば、タツ・ゲームとの対戦が怖いんですかね～」

「はあ？　何でそうなんだよ」

「だってめんどくさいめんどくさいって、理由になってねーじゃん」

笑顔を絶やさない嫌五だが、四怨はその顔を見すらしない。

「いや、いくら何でもそんな安い挑発に乗る四怨姉さんじゃないだろ……」

「その通りだ太陽。あたしの方が強いからな」

「……ん？」

発言に違和感を覚える太陽だが、それを指摘する前に二人の攻防は白熱していく。

「え〜？　でもタツ・ゲームつったら名実ともに表と裏両方の最強ゲーマーだぜ？　ジャンルを問わずあらゆるゲームの大会で結果を残してる。しかも、今回は奴が最も得意とする2D格ゲー。わかんなくね」

「いやわかる。つーかオンラインで当たったことあるし勝った」

「それいつよ」

「よく覚えてねーけど、二年前とか？」

「タツ・ゲームが本格的に頭角を現したのはここ最近だからな、今当たったらわからないんじゃね。それに、ただのランダムマッチだろ？」

「ああ？　ネット対戦でも、トレモじゃねーんだ。勝ちは勝ちだろ」

……ああ、これは。太陽は察し、黙って行く末を見届けることにする。

「そりゃ四怨の理屈じゃん。世間的に見たら、大会で結果残してるタツの方が上に見えるんじゃやね」

「はっ。それこそ世間の勝手な理屈だろ。断言できるね、今後当たってもそいつにゃ絶対負けない。これが実力だ」

「でも、大会じゃないじゃん。いつでもどこでも安定したパフォーマンスを発揮するのが真のゲーマーなんじゃやね」

「……そんなの、ただの競技の違いだろ」

「観衆の目、海外大会なら慣れない土地。コントローラーの高さが国や会場によって違うことを嫌って、椅子や机を持っていくゲーマーもいるって話だぜ？」

「それがどうしたんだよ」

「家の環境でやるだけの引きこもりゲーマーと、プレッシャーの中あらゆる環境で戦うプロじゃ、ゲーマーとしての格が違うって、記事があったようななかったような（嘘）」

「…………」

「ああ、これだこれだ。スパイ向けのＳＮＳで、『プロゲーマー、マジメンタル強い。自称最強の引きこもりゲーマーカッコ笑いが大会出てもボコられて終わりだな』（仕込み）」

プツン、と何かが切れる音を聞いた。

「じょうっとうだよコラァ！」

（や、安い挑発に乗った……）

心の中で太陽はツッコむ。既に止められる雰囲気ではない。

「どんな状況でやったってあたしの方が上ってところ、見せてやる」

「それを証明するのにぴったりの場所があるな～」

「行く」

鮮やかに、四怨の作戦参加が決まった。立ち上がった四怨は肩を怒らせ、早くも会場に向かう準備を始める。

「……すごいな嫌五。こんな風に四怨姉さんをやる気にさせるなんて」

感心半分、呆れ半分といった苦笑で太陽が言うと、嫌五はVサインを作る。

「これくらい朝飯前よ。何ならおもしれーのはこっからだぜ」

そう言って何やら含みのある笑みを見せる。そう、これだけには留まらないのが嫌五の「楽しい事しかしない主義」なのだ。

ジャパンゲームフェス、通称ＪＧＦ。年に一度開催される、日本で最も盛り上がるゲーム総合イベント。

国内外の企業による新作ゲームの発表会や体験ブースはもちろん、グッズ販売、ミニライブ、大会なども行われている。開発者向けの技術共有セミナーや、その年に発売されたゲームの表彰もあって、ゲームを遊ぶ人間とゲームを作る人間の両方から注目を集めるイベントといえる。

各コンテンツは動画サイトで生配信され、期間内の総参加者数は国内外合わせて百万人を優に超える。

そんなＪＧＦの一般公開初日。

既に開場後だったが、最寄り(もよ)の駅から会場に向かって絶えず人の流れが続いている。

四怨は久しぶりの外出と人ごみにぐったりしながら、何とか展示ホールに辿(たど)り着いた。

「おお、にぎわってんなあ。お、あっちコスプレのコンパニオンいるじゃん。見に行こうぜ」

盛況の会場内でより人の多い方へ引っ張っていこうとするハイテンションな嫌五を、四怨が一蹴する。

「いいや、わざわざ人ごみの中ここまで来たんだ。せめて対戦会までは遊ばせてもらう」

「え～。……ま、ついていくのも面白そうか」

四怨はスマホを片手に目当てのブースへ向かった。嫌五もそれに従う。

まずやってきたのは、老舗の中堅ゲームメーカー。

「お、これだこれだ」

笑顔を見せた四怨に、もじゃもじゃした髪の男が、営業感のない緩い声で「どうぞ～」と言い、モニターの前に案内する。パイプ椅子に置かれたコントローラーを手に取り、四怨が座った。

その背後に立った嫌五が尋ねる。

「これなにー？」

「ここはカーブっていう、昔から弾幕シューティングばっか作るブランドなんだが――」

話しながら、慣れた手つきでゲームモードを選択する。新作ではあるが、ここの辺りはシンプルな作りりで、四怨が迷うことはない。

出撃ボタンを押すと、オーソドックスな2Dの縦スクロールが表示された。四怨が操作するキャラクターがぽつんと飛んでいる。

ゲーム開始までのカウントダウンが3、2、1……。

そして、始まると同時に四方八方からレーザー、ミサイル、爆弾が飛んでくる！

「げぇぇえ！」

凄まじい弾幕量に驚く嫌五だが、四怨は眉一つ動かさずそれを見事に避けていく。３Ｄスティックを激しくはじき、ボタンを連打する音が響いた。

しかし、それも十数秒のことで、画面のほとんどをレーザーが覆いつくし、キャラクターが爆発してゲームオーバー。

「狂った難易度でコアなファンしか寄り付かない馬鹿みてえなゲームを量産し続けてるんだ」

「今見てた感じ、理不尽なレベルのクソゲーだったけど……」

「ああ、やり過ぎてほとんどゲームとして成立してねえクソゲーの一種だ。だが、ここはこれだけで三十年やってる」

「これを喜ぶ奴らがいるのかよ！」

「ま、あたしもそのひとりだ」

先ほどのもじゃ髪に四怨は目配せする。彼は表情一つ変えず、「どうぞ～」と先ほどと同じ言葉を発した。四怨は頷き、コンティニューを選んだ。

「こんな緩い感じでこんな鬼畜ゲームの案内してるのかよ……。やべー野郎だぜ」

「人の心を持ったままじゃ企業がこんなん世に出せねえよ」

冷静に言うと、四怨は指を鳴らし、肩を鳴らし、息を吐きながら伸びをして、一段階集中力を高めた。

「……見てろ」

再び、画面の隙間がないほどの大量の弾が放たれる。

しかし、先ほどよりも洗練された迷いのない動きで、四怨の自機がすいすいと画面内を駆け回っていく。アイテムも逃さず、敵機の撃ち漏らしもない。それどころか、敵にできるだけ近付くことで撃破までの速度を最大限まで速めている。

時間にしてジャスト三分。画面にはゲームクリアの文字が表示されていた。

「おーすげー」

周りの一般客たちもその鮮やかなプレイに驚き、ブース周辺がどよめいた。そして小さいながらも拍手が湧き起こった。

一仕事終えた、といった雰囲気で四怨が立ち上がる。

「簡単にクリアできちまったな。もっと難しくした方がいいんじゃね？」

「おいおい、それが目的かよ……」

それがただの煽り(あお)ではないことを嫌五は瞬時に見抜いた。四怨はクソゲーハンターだ。よりクソなゲームを生み出させるため、目の前でサクッとクリアする様を見せつけたのだ。

もじゃもじゃは表情こそ変えないものの、少し声に陰りを見せる。

「……そうかもですね～。これでもう二人目ですし～」

「へ、これ他にもできた奴いんの」

やベーとか世界は広いなーなんてのんきに驚く嫌五だが、四怨は少し真面目な表情をした。

「なんだ、何時間も入り浸ったのかそいつは？」

「いえいえ～一発ですよ」

「え、四怨よりスゲーじゃん」

その言葉に、四怨が嫌五を睨む。

「そりゃそうですよ～。だって、あのタツ・ゲームさんだもの」

「……ほう」

「タツ・ゲームさんにクリアされちゃうのは仕方ないかな～と思ったけど、君みたいな子にまでクリアされちゃうんじゃ、確かに製品版はもっと難しくしないとですね～」

明らかに四怨を下に見る発言に、四怨のこめかみがピクつく。

「君も、もっと練習したらタツ・ゲームさんみたいになれるかもですね～」

ピクピク。

「すげーなタツ・ゲーム。やっぱ四怨より上じゃん」

嫌五相手にはバシッと頭を叩く。

「たまたまだっつの。あたしは一周目様子見のつもりだったからな」

そう言って、次のブースへ向かう四怨。しかし、これは始まりに過ぎなかった。

次に向かったのは音の出ない音ゲー。

「タツ・ゲームがフルコンボしていってね」

次に向かったのは毎秒重力の方向が変わる落ちものパズル。

「タツ・ゲームさんすごいよ。18連鎖なんて出せるルールじゃないのに」

次に向かったのは自分の足で操作するレースゲーム。

「HAHAHA！　タツのやつ、なんとバック走でレコード出しやがったのサ！」

「「タツが」」

「「「タツが」」」

「だあああうるせえ!!　今は普通にJGF回ってんだ、タツの話は聞いてねえんだよ！」

行く先行く先で待つタツ・ゲームのハイスコアとそれに対する賛辞に、四怨は声を荒らげた。

「てかクソゲーばっか回ってんじゃねえかタツ・ゲーム！　センス終わってるだろ」

「それは四怨もじゃん」

ゲームのクソさに驚くばかりだった嫌五だが、そのどれでもスコアをカンストさせ、ブースの社員に持てはやされるタツ・ゲームという男について、流石に思う。

「でも……これマジで四怨よりゲーム上手いんじゃね」

「……ふん。これだけでゲームの上手さなんて測れねーよ」

一蹴する四怨だが、ある程度は彼の実力も認めざるを得ないところだった。四怨もスコアでは負けていないが、そこに到達したのはどのゲームでもタツが先だ。四怨が来たのは昼からなのだから仕方ない部分もあるが、「発売からの最速クリア」にも価値がある世界で、この差は簡単に無視していいものでもなかった。

「……まあ、初見の対応力は確かに中々あるわ。でもゲームってのはただクリアすればいいってもんじゃねー。製作者が用意したルールの中でいかに自由に振舞うかがだな……」

「お、噂をすればだぜ」

「話聞けよ！」

そうツッコミを入れながら嫌五の視線を追うと、マスクにサングラスをつけた、いかにも配信者といった感じの風貌の男が、ブースを回っているところだった。顔出しはしていないが、動画と全く同じマスクとサングラスに、チャンネルアイコンのプリントされたTシャツから、タツ・ゲーム本人だとすぐにわかる。

周りの一般客もタツに気付いているようで、遠目からそわそわと友人同士で話し合っている。

そんな注目を集めながらも自然に振舞う様子から、この人気が彼にとっては日常であると予測できた。

「すいませーん！　タツ・ゲームさんですよね」

「あっ、おい嫌五」

皆が遠巻きに眺める中、嫌五がサッとタツ・ゲームに近づき声をかけた。

「おお、僕のこと知ってるの」

「そりゃもちろん！　大ファンです」

「うれしいなあ！　ありがとね」

マスク越しでも表情が緩むのがわかる。「大ファン」なんて言われ慣れているだろうに大袈裟にリアクションをとれるのは、配信者としてのプロ意識の高さゆえだろうか。

「うちの姉もタツ・ゲームさんのファンでさ」

「ああ？　どこが――むぐ」

「ほら、あなたに憧れて、このゲームもクリアしてんですよ！」

嫌五は睨む四怨の口を塞ぎ、丁度その時にいたゾンビシューティングのスコアランキング画面を指さす。

「へえ！　すごいじゃないか！　クリアもできないのが普通なのに、ハイスコア叩きだすなんて」

一位には「ＴＡＴＳＵ」の名前があり、同点ながら後にプレイした「ＳＨＩＯＮ」の名前がそのすぐ下に来ていた。他の追随を許さないダントツのスコア二つに、サングラスの向こう、タツの眼光が鋭くなる。他に四怨のスコアが載ってないということは、四怨も一回のプレイでこの点数を出しているということだ。

嫌五はさらに付け加える。

「それだけじゃなくて、あっちの何かレースゲームのやつとか、そっちの音ゲーのやつとかもタツ・ゲームさんと同じスコアなんですよ」

すると、ほんの少しだけタツの雰囲気が冷たくなった。それは、「プロ」が持つ空気。

「……そう。お姉さんもゲーム上手いんだね。そうだ、よかったら対戦しようよ！　丁度この後、対戦会企画があるんだ。入場チケットが余ってて」

ほら向こうの方、と笑顔のタツがステージを指さす。

四怨がちらと嫌五を窺うと、彼は頷いた。

四怨はそれを見てため息を吐く。

「……ああ、ぜひ頼むよ」

「やった！　じゃあはいこれ。対戦できるかはくじ引きになっちゃうんだけど……きっと戦える気がするよ。僕は準備あるから、先行くね。またあとで」

タツは上機嫌で四怨にチケットを渡すと、手を振って去っていった。纏う空気は、競技者のそれのまま。

「いいねえ、強気で……」

それを見送ってしみじみ呟く嫌五を、四怨が再度睨んだ。

「お前何してんだ……っていうか、まずそもそも対戦会のチケット準備してなかったのかよ」

「こういうのは現地調達が手っ取り早いんだよなあ。実際しっかりＧＥＴしたわけだし」

悪びれる様子もなくにゃははと笑う嫌五。

「はあ。……それはそれとして、わざわざタツから手に入れる必要あったか？　あいつ、あたしが普通のゲーム好きじゃねえって気付いたぞ。昔ネットで当たって負かされたことも」

「いいんだよ。それで向こうが『戦いてえ』ってなってくれたんだから。むしろこれでこの後がスムーズだぜ」

「あいつが警戒して逃げる可能性もあったろ……けどま、お前が直接見て判断したなら大丈夫なんだろうが」

「そゆことー」

嫌五の観察眼を以てすれば、相手の反応を予想するのは容易い。四怨もそれ以上言うことはなかった。

「でもゲーマーはどいつもこいつも負けず嫌いだねえ。あいつも勝つ気満々だったぜ？　行けるか、四怨」

「ナメんなっつの」

　バシッと嫌五を叩く。しかし、四怨は笑った。

「確かに、前にオンライン対戦で当たった時よりは、実力上がってるかもな。……でも、対戦ならぜってえ負けねえ」

「おお頼もしい。どんな状況でも何回やっても勝つって言うだけのことはあるわ」

　嫌五は笑う……が、しかしそれだけではないニヤニヤを見せる。それを察した四怨が、嫌五をジト目で睨む。

「……お前、まだ何か企んでんのか」

「それなんですがね、四怨姉さんよ。どんな状況でも勝てるってんなら——」

　嫌五はあるものを取り出しながら、今日の真の作戦について話し始めるのだった。

「ブロッサムファイターズ」は格闘ゲームの大家、シードワークスが送る新作2D格闘ゲームだ。

二十年の歴史がある格闘ゲームシリーズ「剛腕」をもつ同社だが、この度完全新作のシリーズを始めるとあって、業界の注目度は非常に高かった。

流行りを取り入れつつも特徴的な可愛らしいデザインのキャラクターたち。勝利の快感を増幅し、悔しさを即再挑戦へとつなげる数々のシステム。緻密で爽快、しかも拡張性の高いコンボ。

メインキャラである桜の魔法少女チェリーブロッサムは、その秀逸なキャラデザインから、発売前から話題となり毎日のようにSNSなどにイラストやコスプレ写真が投稿されている。

期待感が最大限に高まったブロッサムファイターズ初めてのプレイ機会。それが、この対戦会だった。

事前の注目度も明らかで、展示会場の中でもかなり広めのステージがあてがわれていたが、それでも立ち見の客が通路を埋めつくすほどの超満員だった。

「いやあ、すごいお客さんですねえ」

「ありがたいことです。是非これを機にもっとブロッサムファイターズのことを知ってもらえればと思います」

「数々のPVや事前情報で熱量が高まっていますが、今日ついにプレイできますからね！　しかも、相手は世界最強の呼び声も高いプロゲーマー、タツ・ゲーム」

「本当、オファーを受けていただいてありがたいことです」

「いえ、こちらこそ！　今日はブロッサムファイターズがプレイできるって聞いて、すごく楽しみです！」

場を盛り上げようとテンション高く話すMCのタレントと、「ありがたい」が口癖のシードワークス社員。その中で緊張を感じさせない明るさのタツ・ゲームが、こなれた雰囲気を醸し出していた。

ちょっとした発言にも拍手や笑いが起こる。あくまでメインはブロッサムファイターズの対戦会でも、タツ・ゲームの人気は確かだった。

『そろそろ始まったかー？』

インカムの向こうから、嫌五のうるさい声がした。

「そんなデカい声出さなくても聞こえてるっつの」

『そっち盛り上がってるから聞こえないかと思って』

「あたしの自作インカムナメんな」

そう言ってため息を吐く。

実際会場は大盛り上がりで、うるささと人ごみに四怨はぐったり気味だ。

「始まってるよ。タツもばっちりいる」

『おーけーおーけー。こっちも対戦会に目が向かないよう引きつけてんよ』

嫌五は四怨と別れ、別会場で、タツ・ゲームの取引相手となるゲーム会社の相手をしていた。

『そっちもちゃんと準備したか？』

「……チッ。まあな」

不服そうな四怨が、会場に向かう途中に羽織ったパーカーのファスナーに無意識に触れる。

既に端まで上がって首を覆っていたが、もう一度上に引っ張った。

『あ～あ、俺もそっちで四怨の雄姿を見たかったぜ』

「はっ残念だったな」

別行動となったことを嘆く嫌五を四怨が鼻で笑う。対戦会を引き延ばしている間にタツ・ゲームに成りすましても、ゲーム会社がそれに気づいては意味がない。いくら楽しい事優先の嫌五でも生観戦は諦めざるを得なかった。

そんな話をしていると、会場の照明がいくつか消え、ステージに設置された巨大モニターに注目が集まった。

演者たちのトークはそこそこに、対戦会が始まるようだ。

「では早速参りましょう！　最初の挑戦者は〜……君だ！」

ＭＣが高らかに宣言すると、ドラムロールの後、モニターには92という数字が表示され、その後、一人の少年が映された。

この会場の前の方に座っている観客で、スポットライトが当てられている。眼鏡(めがね)をかけた、中学生か高校生くらいのあどけない男の子で、キャラクターのキャップやＴシャツを身に着け、ゲームへの愛を全面に出す服装をしていた。

会場の座席に番号が振ってあり、抽選された番号の人間がタツ・ゲームと対戦するというルールとなっている。選ばれた彼は、興奮した様子でステージへと登って行った。

「今日はどこから？」

「名古屋(なごや)からです！」

「おお、声でっか。元気いいね〜」

ＭＣが軽くいじりを絡め、場のテンションを保ちながら、スムーズに対戦会を進行していく。

『へえなかなか盛り上がってそうじゃん』

「聞いてないでそっちに集中しろよ」

『いいじゃん、仕事はちゃんとするからさ』

けらけらと笑う嫌五に、言っても無駄と悟って四怨はため息を吐いた。

「さて、今日は初見プレイでの対戦会ということで、皆さんはもちろん、タツ・ゲームも今回初めて触れることになります。しかしブロッサムファイターズは、初心者でもすぐハマれる格ゲーを目指しており、コンボが決めやすくなるワカバモードを搭載。挑戦者にはこれをオンにして、プロゲーマータツ・ゲームに勝利することを目指してもらいます！　なお、皆様のプライバシー保護のためこの対戦会は配信無しですので安心してご挑戦ください。いわゆるクローズドベータテストも兼ねているわけですね」

モニターを使いながら、ゲームの魅力と対戦会のルールが伝えられていく。ゲームのプロモーションとして面白い取り組みだと、四怨も感心した。

興奮気味の少年は、事前情報から目をつけていたという、ヴァンパイアのキャラクターを選択した。

一方のタツ・ゲームは全てのキャラクターを順に使っていくことになっていた。キャラ選択画面の左端からスタートで、筋骨隆々の空手家のようなキャラクターを選択する。

「タツ・ゲームは続けてプレイはできますが、毎回違うキャラの操作を摑(つか)まないといけません。

それにワカバモード無しという大きなハンデもあります。この差で一体どんな勝負が見られるのでしょう！　それでは、試合開始です！」

実況の熱い掛け声とともに、対戦が始まる。

が、勝負は一瞬だった。

タツのキャラが距離を取り、確かめるように何度か技を空振りしたかと思えば、次の瞬間には鋭い飛び蹴りが少年のキャラをとらえ、そこから突き、蹴りと鮮やかなコンボがつながる。

それを繰り返し、画面には大きく「K.O.」の文字が表示された。

「……タ、タツ・ゲームの勝利ぃい！　何が起こったのか、会場にわかった人はいるのでしょうか！　圧倒！　圧勝！」

壇上では実況が声を張り上げ、少年と開発者が呆然（ぼうぜん）としていた。

「いやあ、癖のないキャラで使いやすかったです、一歩間違えば危なかった」

そんなリップサービスをしながら、マスクとサングラスの向こうにドヤ顔が透けて見えるようだった。

「プレイヤー次第で様々なコンボが繰りだせるのがこのブロッサムファイターズの売りです。しかし、何故（なぜ）、初めてのキャラでいきなりコンボができるのか～！」

『実際何でできるんだ？』

実況に合わせて、インカムの向こうから質問が飛んだ。

「……お前、サボってどっかから見てるんじゃないだろうな」

『めっそーもない。音声だけだぜ。んで、何でなん？』

四怨はけだるげに息をつきながらも応答する。

「展示会の体験ゲームでもそうだったが、こいつは一発クリアの成功率がめちゃくちゃ高い。初見の対応力って言ったが、多分予測能力と反射神経のたまものだろうな」

『というと？』

「何となくこういう行動が強い、こういうときに危険があるっていうのが瞬時に判断できるんだ。ゲームの経験値もあるけど、このレベルだと本人のセンスといっていい」

「四怨よりもすごい？」

「馬鹿言うな。……ただ、今言った部分だけなら、相当なもんなのは間違いない」

『なるほどにゃー』

そんな話をしている間に、早くも二戦目が終わっていた。今回は一本先取で勝敗が決する簡易ルールで、一人当たりがプレイできる時間は短めとはいえ、異常なスピードである。

その後も三戦目、四戦目と続いていくが、タツはどのキャラクターでも鮮やかにコンボルートを開拓し、勝利を重ねていく。

「強い！　強すぎるタツ・ゲーム」

「プロ対素人とはいえ、このルールでここまで差が出るのは意外でした。参考にさせてもらえてありがたいですね」

「何でこんなに強いんでしょう？　何かコツとかあるんですか」

ＭＣに尋ねられたタツが、さわやかに笑う。

「いや〜どのキャラもコンボが気持ちいいので、ついつい頑張っちゃうんですよ。まあ、僕もプロなので負けられないってのもありますが」

明るい調子でゲームを立てつつ、しかし得意げなタツ。そのまま試合は進み、あっという間に、今日の最終戦が回ってきた。タツの使うキャラが一周し、キャラ選択画面右端の忍者キャラクターを使う番になったとき、最後の抽選がされる。

そして、ついに作戦開始だ。

モニターに無数の数字が流れていき……、最後に表示されたのは、４４４番。そしてモニターに映るのは、四怨だった。

他の観客たちとは違い、選ばれた興奮などは表さず、落ち着いた様子で階段を上がって行く。

「さあ、本日最後の挑戦者は、黒いパーカーの似合うかっこいいお姉さんです！　ここまでタツ・ゲームの十五連勝。負けは一度もありません全勝です。彼女は最後にして唯一の勝者になれるのか」

「いやあ……その、まあ、ありがたいですね」

ワカバモードという目玉システムでも一勝もできていないことに驚き歯切れが悪くなるゲーム会社の社員をスルーし、ＭＣが四怨にマイクを向ける。

「まずは最後の挑戦者の話を聞いてみましょ……ってあ」

「ようタツ。戦いに来てやったぜ」

四怨はマイクを奪い取り、勝手に話を始める。

小一時間ぶりの再会だが、タツに驚くような様子は見られない。

「さっきのお姉さん。くじ当たったんだね。不思議とそうなる気がしていたよ」

「そうか、あたしもだ」

にやりと笑うタツと四怨。当然抽選システムは四怨によってハッキング済みだった。

「ガチでやろうぜ。真剣勝負」

タツは一瞬驚いた顔を見せるが、すぐに元の笑みに戻す。

「僕はいつでも真剣だよ」

「上等だ。ワカバモードなし。二ラウンド先取制のガチバトル。キャラも順番通りじゃねえ。お前が今日触って一番使えると思ったキャラでいい」

四怨は挑発するようにちょいちょいと手招きした。

「ふーん、余裕そうだね」

「余裕なんだよ」

「……ふーん」

タツにもプロとしてのプライドがある。マスクとサングラスの奥に真剣な表情が感じられた。

「……いいよ、受けて――」

「ちょ、ちょっとちょっと」

すると、マイクを奪われたＭＣが、話しかけてきた。

「困るよ、君、勝手なことしちゃあ。タツさんも。それにもう終わり際なんだから、そんなルールにしたら時間オーバーしちゃう。……ですよね？」

すぐ近くの社員や、ステージ裏の責任者の顔をチラチラ窺うＭＣ。社員もあいまいにだが、一応頷く。

「……面白い提案だと思うんだけど、僕も呼ばれてる側だからさ。どうにかしようにも、お客さんから見て君を優遇する理由がないと、僕が美人を贔屓してるみたいになっちゃうし」

会場中にも、困惑の空気が流れていた。このままでは摘みだされて終わり。些細なアクシデントということで処理されて、対戦会はほぼ時間通りに終わってしまうだろう。

だが。

タツは言った。四怨が優遇される理由があればいいと。

ＭＣも社員も、迷いながらだったのは、この展開に魅力を感じているからだ。

だから、ここだ。

四怨は、豪快に黒いパーカーを脱ぎ捨てた。

そして現れたのは。

「……チェリーブロッサムだ」

嫌五の技術と、四怨の素材を活かしたハイクオリティなコスプレ。ブロッサムファイターズのメインヒロインキャラで、桜の花びらをモチーフとした、ピンクにフリフリふわふわの魔法少女。発売前からこのゲームがここまで注目される大きな要因となった、可愛らしいデザイン。

当然、対戦会に参加するような熱心なファン全員の好みにぶっ刺さる！

「「うおおおおおお!!」」

困惑モードだった会場は、その瞬間、大盛り上がりとなった。そのまま四怨はマイクパフォーマンスを続ける。

「みんなも見たいよねー？　わたしがタツに勝つと・こ・ろ☆」

「「うおおおおおおおおお!!」」

JGF
TATSU

湧き上がる歓声と拍手が、四怨を後押しする。もはや、この乱入を止められる雰囲気ではなかった。

『ノリノリじゃん』

「おめーの作戦だろ！　……あともう一度言うが、見に来んじゃねーぞ」

『へーへーわかってるよーん』

インカムの向こうに小声で文句を言う四怨の顔は真っ赤になっていた。

「いやあ素晴らしいコスプレですね！　会場の皆さんも盛り上がってるし僕は大丈夫です、是非この挑戦受けて立ちましょう！」

決め手となる言葉を、タツが独断で高らかに宣言する。

事態を受け入れたＭＣが、半ばやけくそ、しかし興奮を隠せずといった顔で別のマイクから進行を続ける。

「で、では特別ルールで行います。突如現れた美人コスプレイヤーとタツ・ゲームの二ラウンド先取真剣勝負！」

四怨はゲーム機の前に着席する。互いのモニター越しに、タツ・ゲームと向かい合う形になる。試合に集中するため、マイクは切られ、会話は二人だけのものとなった。

「盛り上げ上手だね、お姉さん」

「そりゃどうも。ゲームはもっと上手いけどな」

「みたいだね。……昔、多分君と戦ったことがあるんだけど、覚えてる？」

「さあな。どっちが勝ったんだ？」

「……僕も覚えてないよ」

二人は口を閉じた。

過去の勝敗はもはや関係ない。新たな勝者はこれから決まる。

「どっかからすごい歓声聞こえますねー兄貴」

タツ・ゲームと情報の取引をする企業側に潜入した嫌五は、幹部の変装をして引き渡し係と待機室で過ごしていた。

四怨が対戦会を引き延ばし、取引現場に本物のタツ・ゲームが現れないうちに、変装した嫌五が代わりにメモリを受け取るというこの作戦。

この作戦の重要なところは、タツ・ゲームを対戦会に引き付けることだけではない。

取引の時間までゲーム会社が対戦会の異変に気付かないよう、こちらも気を引いている必要があった。

嫌五は、スキンヘッドにクチヒゲのいかつい姿の幹部に扮し、引き渡し係の部下の相手をする。

「おう。まあおとなしくしとけい」

「いやあ、でもここで待機ってのもつまんないっすね。せっかくＪＧＦまで来てるのに。タツ・ゲームの対戦会見たかったなー」

「ばきゃろい。これから悪いことする相手だぞ。接触は少ねえほうがいいだろ」

「はっ、流石兄貴！」

（むしろ、ターゲットから目を離す方があり得ないけどなあ）

嫌五は適当に相手をする。

「……でも、暇ですよー」

「ばきゃろい。だから俺が来てやったんじゃねえか」

「はっ。流石兄貴！」

「……だが、暇なら俺がやっておいてやるぞ？　メモリ渡してくれれば、お前はもう解散でも」

「いえ、ここはちゃんと自分でやります！　これは俺が任された仕事なんで」

（楽できないかー、無駄に責任感だけあるな）

「ふん。じゃあ、取引まであと三十分、この『気付いたら一瞬で三十分経ってるくらいめちゃくちゃ熱中できるFPS』やるか。きっと他のことが気にならないぞ、今のタツ・ゲームの様子とか」

「流石兄貴！　今の状況にピッタリっすね！」

そう言って、部下はテレビゲームのセッティングを始める。

（こんな奴が情報の引き渡し係って……。ま、面白いからいいけど）

そんなこんなで、嫌五も仕事をこなしていた。

インカムから聞こえてくる会場の様子に耳を傾けながら。

一戦目は一方的な展開だった。

「やはり強いタツ・ゲーム！　危なげなく一本を先取です！」

観客からはタツの勝利を称える拍手と、四怨の敗北を嘆く声の両方が送られた。ここまでの一方的な展開から、威勢よく啖呵を切った四怨にはやはり勝利の期待がかかっていた。

しかし、十五戦分の経験があるタツは、流石の試合運びだった。コンボミスもない。

四怨はと言えば、基本的な牽制攻撃や、相手の攻撃へのガードはまずまずでも、攻撃に転じることができず、ダメージレースで敗北した。

「よしまず一本！」

興奮した様子で話しかけてくるタツ・ゲーム。しかし、四怨の表情は冷静そのものだ。

「何のために二本先取にしたと思ってんだよ」

「へえ、強がり？」

「お前にゲームってものを教えてやる」

そう、かっこよく決めた四怨だったが。

「かわいいー！」

「こっち向いてー！」

「結婚しよう！」

歓声の種類が、真剣勝負のそれではない。

「大人気だねー」

「うるせえ！」

耳まで真っ赤にする四怨だが、再びコントローラーを握り、息を吐いて集中を高める。

嫌五に言われた話を思い出す。どんな状況でも実力を発揮してこその一流だと。これくらいのことで、心を乱している場合ではない。

上等だ。

「会場は大盛り上がり！　しかし、あとがない挑戦者！　運命の二戦目が始まります」

そして、試合開始と相成った。

キャラクターはお互い前ラウンドと同じ。タツが忍者で、四怨がメインヒロインのキャラクター。

だが、試合展開は明らかに違った。

「……あれ？　あれ？」

タツの表情が曇る。

開始十数秒。タツの繰り出す数々の攻撃が一つも当たらない。

飛び道具は撃ち落とされ、飛び込み攻撃はガードされ、時にカウンターが決まる。

このゲームの売りである派手なコンボは決まらないが、じわりじわりとタツの体力が削られていく。

会場もやや遅れて状況を理解し始めた。

「おおっと、これは……当たらない！　タツ・ゲームの攻撃が、当たっていない！」

淡々と、冷静に、タツの攻撃をいなし、確実な反撃を決めていく。

「確かに、お前は初見の対応が上手いかもしれない。だがな、タツ・ゲーム。ゲームの本質は『攻略』だ」

「……どういうこと？」

空中からの飛び込み、撃ち落とし、ダッシュ攻撃、ゲージを使った必殺技。お互い激しい攻防の中で、会話する。

「しっかり分析して、理解して対策を練るんだ。初見の予想が当たりました、は一つの側面でしかない。時には食らって死んでみて、対策考えるのがゲーム攻略だ。ノーミスプレイだけがゲームじゃねえ」

タツの振る牽制技は全て見切られ、逆に四怨側は一ヒットで終わらずコンボも続くようになってきた。タツの頬を汗が伝う。

「……確かに初見プレイは僕の得意分野だけど、それ以外もちゃんと上手いからプロなんだよ」

「ああ、他の部分もお前は中々すごい方ではあるな。けど……」

相手の裏を突いたスライディング攻撃が刺さり、タツの体力が尽きた。会場からは今日一番の大歓声が湧き起こる。

飛び入りに困惑気味だった実況も、今や大興奮で叫んでいた。

「あたしは、十五戦分お前の動きを見たし、他の挑戦者のプレイであたしのメインヒロインのキャラは四回、お前の忍者のキャラも二回見てる。さらに丁寧に一ラウンドをお前の動きの確認に使った。お前の動きもこのゲームも完全に把握した。お前がいくら上手くても、もうあたしに勝つのは不可能だ」

そのセリフにタツが歯嚙(はが)みする。だが、加えてほんの少し笑った。

「この、二ラウンド目で全て見透かされる感じ、やっぱり一緒だ……！　一ラウンド目は取ったのに、二ラウンドから巻き返されて……再戦すればするほど差が広がってって、最後には、もうなんか流れ作業みたいに……あの日の悔しさ、僕は忘れてない！」

タツは自分の今日のプレイを頭の中で思い返し、見抜かれたと思われる自分の癖を洗い出す。そして、その修正を模索する。

「おお、あちーじゃん。そういうのが悪いとは言わないけど……」

しかし、それは及ばなかった。

三戦目が始まると同時。

意表を突こうといきなり大技を放ったタツに、四怨のキャラのアッパーがカウンターヒット。空中に打ち上げられたところに、空中ダッシュで追撃、叩きつけると、そこはもう画面端。壁バウンドしたところをもう一度拾い、今度はエネルギー弾を放つ必殺技を当てると、壁に張り付いた状態になる。そこに何発か打撃を加えると、一連のコンボで超必殺技ゲージはＭＡＸに。

素早くコマンドを入力すると、キャラクターが高く飛び上がってカットインの入る特殊演出。赤い閃光(せんこう)となったヒロインの蹴りが相手を貫いた。

そして、タツの体力が溶けてなくなっていた。一連のコンボで相手の体力を全て消し去る、所謂十割コンボ。

観客も実況もタツも、何が起きたかわからず会場に静寂が満ちる。

「まあ、千年早いわな」

「何ということでしょう！　鮮やかなコンボで挑戦者、タツ・ゲームを撃破ぁぁああ!!」

事態を理解したMCの爆音実況をきっかけに、会場は絶叫に近い大盛り上がりを見せる。四怨の完全勝利だ。

満足げな四怨だが、一瞬ハッとしてインカムに声をかける。

「って、ちょっと早く決め過ぎたか？　嫌五？」

『こっちもばっちり、タツの変装で情報受けとっておいたぜ』

「そうか、何よりだ」

一仕事終えたコスプレ姿の四怨はそそくさとステージを下りて行こうとする。この服装の自分をこれ以上晒したくない。

「あ、ちょっと、勝利インタビューを」

「断る。……あ、あとタツ・ゲームさんよ」

会場が興奮に包まれる中、一人呆然としたままのタツに、アドバイスを残していく。

「センスは悪くねえ。ゲームの好みもな。だから、悪いことする暇あったら、もっと練習しろ。じゃあな」

その言葉を聞いてタツ・ゲームはハッとする。自分の腕時計を確認し数秒フリーズしたあと、肩の力を抜いて笑った。

「完敗だよ」

「お疲れ様です、四怨姉さん」

帰宅した四怨は、いつもの服装でいつも以上にだらっと横たわっていた。

「だるかった。二度とやるもんか」

「でもやっぱりタツ・ゲームより四怨姉さんの方が強かったんですね」

「当たり前よ」

まんざらでもない顔で笑う四怨。太陽も、自分の家族が誇らしくて、嬉しくなる。

そんなやり取りをしていると、するするっと嫌五が近付いてきた。

「太陽～。四怨のコスプレ見れなくて残念か？」

「ん～まあ。でも、姉さんも嫌がってたわけだし」

「じゃあ特別に、プレゼントだ」

と言うとリビングのテレビに、四怨の対戦会の様子が映し出された。

『みんなも見たいよねー？　わたしがタツに勝つと・こ・ろ☆』

「……は、はあああ⁉」

「何のためにこの仕事やったと思ってんの。ばっちり録画済みに決まってんじゃ～ん」

満面の笑みの嫌五が、ハイテンションで楽しそうに踊り出した。

「おま、これいつの間に」

「ミスター・草(リーフ)を名乗る協力者に撮らせた。せっかく四怨にコスプレさせたのに見れないなんて、そんなのつまんねーじゃん？　ちなみに、一般参加者もルール破ってネットに動画上げてるみてー」

けらけらと笑う。

「似合ってるよなー。ちなみにおすすめはこのシーンな。会場からカワイイカワイイ言われてるときの四怨の表情が……」

「……何か言い残すことはあるか」

「あっやべ」

凄まじい殺気に部屋の温度が数度下がったように錯覚する。屋敷のあちこちから、無数のドローンの音が響く。

愉快そうに逃走を開始する嫌五。楽しい事しかしない三男は、この鬼ごっこまで含めて楽しむ気だ。

今回は終始嫌五の一人勝ちだったと、太陽は苦笑するのだった。

そしてネット上に拡散されたはずの四怨の動画は三日後には全て跡形もなく消されていたという。

スパイ料理選手権

Mission:
Yozakura Family

どんな一流スパイであっても欠かすことのできないものがある。

それは、食。

ありとあらゆるところから情報を収集するスパイには、常に潜入という任務が付きまとう。

さまざまな環境に適応しなければならない彼らにとって、生命維持に直結する食の問題は極めて重要である。

食料調達が困難な地がある。食文化が全く異なる地がある。しかし、そこで生き、情報を持ち帰るのがスパイであるならば、食に長けて然るべきだ。

そんなスパイたちの料理スキル。叶うならば比べてみたい、そして一番を決めてみたい！

そして開催されるのが、スパイ協会料理研究会主催、スパイ料理大会である！

「……いや、『である！』って言われても」

「ノリ悪いよー太陽？」

青空の下、目を輝かせながら熱く語る六美に対し、いまいちテンションについて行けない太陽が非難を浴びた。

ここは、某県にあるスパイ御用達の野外イベントスペース。野球場十個分はある広々とした土地に特設された会場には、中央に大きなステージがあるほか、いくつか屋台が出ていた。

夜桜家勢ぞろいでやってきたが、賑わう人々が皆裏社会の関係者だというので太陽はどうにも落ち着かなかった。

「こんなにスパイが集まって、料理大会って……正直あんまり意味が」

「細かい理由はどうでもいいんだよ。美味い料理食べたいだけの変わり者が主催してるだけなんだから」

スクリューポテトを片手に四怨が指摘する。

わたあめを片手に嫌五が同調する。

「そうそう。イベントがあるなら楽しむ。そんだけでいいんだぜ」

「年によって開催されたりされなかったりするんだけど、今年で八十二回目の人気イベントなんだ」

「めちゃくちゃ歴史ある！」

辛三の説明に驚く太陽。さらに二刀が補足する。

「六美が言った通り、スパイと食の関係は意外に浅くない。料理好きのスパイも多いんだよ。そのタコ焼きも美味いだろう？」

太陽は途中の屋台で買ったタコ焼きに目を落とす。祭りなどでよくある、事前にパックに詰められたものではなく、注文を受けてからスパイの特殊技術であっという間に焼きたてを提供された。表面にはカリッと感を残しつつ、中は熱々のふわふわ。歯ごたえのある大粒カットのタコは、噛むたびにうま味が溢れてくる。

「正直。今まで食べたどのタコ焼きよりも美味しいことは間違いないです……」

その言葉を引き出して、二刃は少し満足げに笑った。

「そりゃよかった。……ただ、屋台を出してるってことは、出場者じゃない。主催のお眼鏡には適わなかったってこった」

その発言を聞き、六美は封筒を取り出し、改めて見つめた。

それこそがまさに招待状。スパイ協会料理研究会から六美宛てに届いた参加要請。

「出場資格は、主催側に選ばれたスパイにしか与えられないの。私、ずっと待ってたんだから……」

そう言って六美は、神妙な表情で封筒を大事そうに握った。

優しい表情で二刃が補足する。

「夜桜家からも何度か優勝者が出てるんだよ。うちの母さんもあたしらが生まれる前にとったってね」

「そっか……、六美は義母さんの通った道を辿って」

「狙うは優勝。そして――、賞品の圧力鍋よ！」

「って、ええ⁉」

拳を突き上げ、やる気を表現する六美。思っていた理由と違い、太陽は思わずずっこけそうになる。

「あら、本当にすごいのよ。あらゆる技術の粋を集めて作った超超強力圧力鍋、その名もブラックホール」

「圧力強すぎ⁉」

「この鍋でしか出せない味が山ほどあるんだから」

肉じゃがでしょ、角煮でしょ、と夢想しながら指折り数える六美。その様子を見て、太陽が脱力して笑う。

「まあ、六美がやる気なら俺は何でもいいよ」

「うん。お母さんに近づけるのは嬉しいけど……、今の夜桜家の当主は私だもん。私は私として、この大会に勝ちたい」

「ああ。俺は六美のやりたいことはいつでもどんなことでも応援するよ」

「太陽……。絶対優勝して飛び切り美味しいカレー作ってあげるからね」

「はいはいごちそうさま」

言いながら四怨がスクリューポテトの串をゴミ箱へ放った。

「僕も頑張るからね！　六美姉ちゃん」

そう言って、バケツを被った通常モードの七悪が力こぶを作ってみせた。

今回のルールでは、出場者は一人までサポートの人員をつけることができる。今回は家族の中でも七悪に白羽の矢が立った。

「七悪は普段もお料理手伝ってくれるから、頼もしいわ」

と六美は微笑みかけた。

「絶対優勝しようね」

そんなさわやかに勝利を目指す二人の傍で、汚い空気を出す男が一人。

「ふん。優勝など簡単だ。審査員の奴らを俺が締め上げて……」

「やめい」

邪悪な笑みで悪巧みをする凶一郎を二刃ら他の兄弟が諫めた。何に使うつもりだったのか想像もしたくない凶器の数々を内ポケットから覗かせる凶一郎に、六美が呆れてため息を吐く。

「私、そんなズルで勝つ気はないから。そんなことしたらお兄ちゃんとはもう口利かない」

「そ、そんな……」

「僕も」

「ぐふっ」

最も愛する妹と可愛い末っ子に拒絶の素振りを見せられ、深刻なダメージを受けた凶一郎が静かになった。

「普通に応援しましょう、凶一郎兄さん。そんなことしなくてもきっと六美たちが勝ちますよ」

「……貴様ごときに言われるまでもない」

どす黒いオーラを放つ凶一郎だが、とりあえず問題を起こす気は収めたようだった。

そんなやり取りをしていると、会場内にアナウンスが響いた。

「まもなく、開会式と大会説明を行います。出場者は中央ステージにお集まりください」

プロのアナウンサーのような、淀みのない案内に促され中央ステージに向かうと、ガタイの良い一人の男がハンディマイクを片手に話を始めるところだった。

「あーあー、聞こえるか。大会運営の厳龍寺だ」

厳龍寺と名乗った男は手ぬぐいに、何故か袖の破れた道着姿で、山籠もりの修行をしていたといった風貌だった。破れた袖から覗く腕が馬鹿みたいに太い。

低く渋い声が良く響く。威厳を感じさせるその声色や物言いは、この大会を真剣勝負として引き締めていた。

「改めてルールを説明する。この大会は、我々運営が選んだ出場者同士で争うトーナメント形式だ。各試合でお題が出されるから、それに合わせて料理を作ってくれ。三名の審査員が実食し、評価する」

その言葉と共に、ステージの袖から、二人の男が現れた。

まずは、針金のようにやたら細長い手足をした紺のスーツの男が紹介される。

「表の世界と裏世界、あらゆる料理を食し、65536段階の星で精密に評価する男。うらおもてニシュラン代表、ロベール」

「んーん、その紹介、1073つ星ですね」

高い鼻、くるんと丸まったクチヒゲを弄ぶ紳士風の男の次は、坊主頭(ぼうず)、背の低い小太りの男が紹介された。

「どんな過酷な環境でも、どんなものでも食べて生き延びてきた、鉄の胃を持つスパイ。サバイバルのプロ、鬼木(おにぎ)」

「雑草をおかずに、土をお茶碗(ちゃわん)三杯行けます」

「そして、前回大会優勝。あらゆるお題に対し、全てとんこつラーメンで応えたこの俺、厳龍寺だ」

紹介が終わり並んだのは、筋骨隆々格闘家、針金怪し気紳士、小太りおにぎり。

「全試合で俺たちが食べる。俺たちをうならせる料理を期待している。以上」

「……審査員のクセありすぎだろ……」

思わず呟(つぶや)く出場者たちであった。

六美と七悪の初陣となる一回戦が始まろうとしている。

指定の場所に向かうと、いくつもの調理スペースが設けられていた。それらは向かい合わせとなった二台とその間に置かれた食材テーブルで一セットとなっているようだ。置かれた食材はそれぞれ違っているようで、肉、野菜、魚がバランスよく載っているものもあれば、解体前の巨大なマグロが二匹横たわっているようなものもある。

トーナメント形式ということで、それぞれ異なるお題での一対一の対決が、並行して行われるようだ。

「おや、夜桜家の皆さんじゃないか」

六美と七悪が調理台に着くと、向かいに現れたのは、見知った顔だった。モノクルを身に着けさわやかな笑顔で話しかけてくるその男は、上機嫌に扇子を扇(あお)いだ。

「あなたは……星降月夜（ほしふるつきよ）！」

「どうも、夜桜当主さん。七悪君も」

一回戦の相手、それは銀級（シルバーランク）スパイの星降月夜だった。スパイ界きってのプレイボーイで、ウザキモスパイランキングで毎年凶一郎と優勝争いを繰り広げる。しかし、その実力は折り紙付きだ。

「二人がいるということは……」

挨拶もそこそこに、六美や七悪から目を逸（そ）らした月夜の視線の先は、観戦席。

「僕の愛（いと）しの太陽も来てるね」

探す素振りは見せず、一発で真（ま）っ直（す）ぐに太陽を捉えた。

「久しぶり。ずっと会いたかったよ。君のことを考えなかった日はない。今すぐ抱きしめたいな」

「キモイ！」

その言葉に、太陽は鳥肌（とりはだ）が立ち寒気がする。

「そうだ。この料理は君のことを想（おも）って作るよ。この溢れんばかりの愛が君の喉（のど）を通って中から君の全身に広がると思うと興奮するな」

「発想が変態すぎる……」

「私の旦那を狙わないでくれる?」

震える太陽との間に立ち、六美は月夜を睨むが、それさえも彼は喜びに変えているようだった。

業界きってのプレイボーイスパイは、ある意味器が大きい。

「ってあれ、星降さん、サポーターは?」

やり取りを苦笑交じりに見ていた七悪が尋ねる。

「何人か声をかけたんだけどね。皆恥ずかしいのか断られてしまったよ。『ウルサイ話しかけるな』ってね」

(ああ、誰も来なかったんだ……)

事情を察し、不憫に思う七悪だが、月夜は全く気にするそぶりがない。人望はないが器は大きい男、星降月夜。

すると、先ほどステージの上で見た審査員の一人、うらおもてニシュランのロベールがやってきた。その針金のような手足をコンパスのようにカクカクと動かしながら、順番に各試合を回っている様子だった。

「んーん、ここも揃っているようですね。よろしい83つ星。それでは始めましょうか。あなた方へのお題を発表しますね」

ロベールは手元のバインダーに目を落とし、コホンコホンと何度か咳ばらいをする。

その隙に月夜と六美が早くも火花を散らした。

「太陽。完成した暁には、是非僕の手料理を食べてくれ」

「太陽。私がとびっきり美味しい料理作ってみせるからね」

「お、おう」

大会をそっちのけで、試合ではなく別の勝負が始まりそうな二人。太陽を奪い合う彼女らに課された一回戦のお題は。

「毒料理対決です」

「……って、食べられねえ！」

「そちらの台の食材はご自由に使っていい他、持ち込みの食材にも使用制限はありません。今から調達、調合しても構いません」

ロベールは太陽のツッコミを無視して進行する。

「それでは、私は他の審査もありますので、また来ます」

そう言うと、針のような足を操り人形のように動かし、ロベールは他の台へと向かってしまった。

残された出場者たち。六美と七悪が視線をやると、太陽は少し気まずそうに笑いながら、流石に食べられないと首を振った。高まったやる気の方向性を微妙に見失いながら、試合が始まる。

「……で、でも、これなら得意分野よ！　こっちには七悪がいるんだから」

「うん、任せてよ！」

二人はそう意気込んで作業に取り掛かった。


三十分後、出来上がった料理は。

「完成！　卒倒地獄カレーライス！」

それは料理と呼ぶにはあまりに禍々しい、近付くことを本能が拒否する見た目をしていた。

皿に盛りつけられた後もぐつぐつと煮えたぎる深い紫色のルーには、サソリらしきハサミ、へビらしき尻尾、クモらしき脚、何の物かもわからない骨が浮かんでいる。ライスはただの白米のようだが、猛毒のルーに侵食され、接している部分から現在進行形で黒ずんでいく様が見られた。福神漬らしきものは極彩色に光っていた。

「得意分野だと思って、つい張り切っちゃったよ」

一仕事終えた、という満足げな表情で、七悪が額の汗を拭った。

「流石七悪、すごい猛毒ね」

「六美姉ちゃんのおかげでスムーズに作れたよ」

そう言ってハイタッチする六美と七悪。その六美は、目まで覆える防毒マスクを着用済みだった。

見ているだけの観戦者も、毒に耐性の低い者は、マスクを着用するか退散していた。それほどに圧倒的な毒料理に仕上がっている。

「ふふふ。流石は夜桜でも薬学に長けた七悪君といったところだね。夜桜当主も七悪君の能力を引き出すよう、よく理解した立ち回りだ」

称賛の言葉を贈る月夜は、余裕そうに笑う。

「だけど、僕だって負けていない。……そう、太陽への愛ならね」

「いや、毒料理なんだから太陽は食べないって」

「彼ならきっと毒だって受け止めてくれるさ！」

「ああもう話聞かないわねこいつ！」

「さあ、見てくれ、僕の料理を！」

そう言って月夜がテーブルに並べたのは、四角い弁当箱。真ん中に大きく、海苔とご飯といくつかのおかずで作られた、黒髪の少年が鎮座する。

すなわち、太陽のキャラ弁だった。

「あら、……案外見た目は普通ね」

「ただのキャラ弁じゃないさ。太陽への愛を込めた究極の料理だよ」

「愛って……」

「まず太陽の好物をたくさん入れているんだ。二週間に一回は食べている塩麹の唐揚げに、三か月前に食べて『出汁の利いた味付けがいいな』と微笑んだ卵焼き。それに小学校の卒業祝いに食べた洋食屋のハンバーグも再現したよ。え、そのころにはまだ出会ってなかっただろうって？　当然太陽のことは隅から隅まで調べたんだ。これくらい基礎知識だよ。それから、今回のテーマである毒には、太陽が今まで食したものを使わせてもらったんだ。夜桜家の訓練で日々の料理に混ぜられている毒とか、フラワー便の花輪が使ったオーガニック毒とかだね。……ああ、あの時の太陽も素敵だったな。それと、僕らが初めて出会った思い出として、銅級スパイ試験の会場の水を使っているんだ。最後に僕が池に落ちそうになったところを掴んでくれた時の手の感触は、今も忘れられないな。あの時のグローブは取っておいているんだよ。それから、僕の想いを真っ直ぐに伝えるために、僕の○○と××を――」

「もうやめてくれ聞きたくない！」

　歪んだストーカーの止まらない解説に、観戦席の太陽から悲鳴が上がる。聞くに堪えないと六美と七悪がため息を吐いた。

「もう早く審査してもらいましょう。審査員の人は――」

「んーん、呼びましたかな」

「うわっ」

何の気配もなく、背後に審査員のロベールが立っていた。

「い、いつの間に」

「審査員なのですから、料理ができたら来ますとも。特に、出来立てを逃すのは料理に失礼ですから」

「そういうことだ」

そう答えたのは厳龍寺。鬼木もその隣に立っていて、あっという間に三人の審査員が揃った。

六美はチラと七悪に視線をやる。

「……僕も全く気が付かなかった」

七悪は小声で答える。審査員もスパイ協会の人間、そして、凄腕のスパイということのようだ。

月夜のせいでテンションを狂わされていたが、これが真剣な大会であることを思い出し、六美は少し姿勢を正した。

「では早速」

「……え、食べるんですか？　その毒、本当にすごいですけど」

「当然でしょう。料理大会なのですから」

慌てる七悪を気にするそぶりも見せず、三人はカレーを口に運んだ、その瞬間。

「ガッファ⁉」

目を見開き、むせる審査員たち、手が震え、身体(からだ)が震え、全身がけいれんし始める。

「ああ、やっぱり！」

七悪は三人に駆け寄るが、しかし、ロベールは手のひらをこちらに向け、それを制止した。

「も、問題ありません……」

「でも……」

「あと二秒ほどです」

「え？」

そう言うと、みるみるうちに審査員たちの震えは収まり、顔も涼しい顔に戻った。

水を飲み、口元を拭えば、元通り。

「んーん、毒料理の審査ですからね。まず食らわないと」

「解毒した……？　あんなに苦しんでたところから一瞬で」

「俺たち審査員は皆、料理好きだからな。経口摂取であれば、どんな毒にでも勝てるよう訓練済みだ。しかも、毒を味わうために、最初数秒は免疫が働かないおまけつきだ」

「料理に本気過ぎる……」

「しかし、なるほど……確かに凄まじい毒です。三途の川が見えましたよ」

「ああ、これは歴代でも屈指の毒だ」

その言葉に、六美と七悪は笑顔を見せかける。しかし。

「ですが、んーん、２つ星。全然だめですね」

「そんな！　毒はすごかったんでしょう？」

完全に耐性を得た審査員たちは、ただのカレーライスと変わらないように口に運びながら何度か頷いた。

「説明しましょう。確かに、この料理、毒の強さは凄まじい。訓練を受け、更に事前に特製牛乳を飲んで胃腸の準備をしていた我々でも、明日はお腹を壊すかもしれません。しかし、『毒料理』とは何か、それが全く考慮されていない」

「毒料理とは何か……？」

「毒は盛ってなんぼ、美味しそうな見た目や香りで相手の食欲をそそり、味で食べ進む手を止めさせない。それが不可欠です。もちろん殺傷能力も評価の対象ですが、たとえ毒の強さが劣るとしても、美味しい料理を作って、そこに無味無臭の毒を盛った方が評価が上と言わざるを得ません」

「端的に言って、不味(まず)い！」

完食した鬼木がそう補足し、厳龍寺とロベールが頷く。

毒料理対決にそんな観点があるとはつゆも思わなかった六美は、その評価に納得がいかない。

「そんなこと一言も言ってなかったじゃない」

しかし、その言葉に、厳龍寺が六美を睨んだ。

「おい、それでも夜桜当主なのか。『スパイ料理大会』なんだ。お題から真に意味する情報を読み解き、それに応える。そこまでできて、初めて完成だろ」

「そ、それは……」

「夜桜当主は確かに超人的な体質を持たないと聞いているが、スパイとしての作法を知らなくていいことにはならん。わざわざ招待したんだ。それくらいはやってくれなければ我々の目が節穴だったことになる」

厳しい態度の厳龍寺に返す言葉が見つからず六美は俯(うつむ)いた。その肩(かた)に手を置き、七悪が声をかける。

「でも、あの人たちすごいよ。言ってることも一理あるし、僕の本気の毒を平らげてる。身のこなしも、周りへの目の光らせ方も、流石は主催の一流スパイって感じ」

「……ただの料理好きの変態ってだけではなかったのね」

六美は悔しさで歯噛みした。

「……皆にも応援してもらってるのに。こんな一回戦で躓(つまず)くなんて」

「あ、月夜さんの料理はキモ過ぎて食べる気起きないです。毒の強さの分、夜桜チームの勝ちです」

「…………」

「…………」

「ふっ……。いい勝負だった。またどこかで手合わせ願うよ」

驚いて反応できない二人に対し、全く動じない月夜が、握手を求める。

「いや、超低レベルだったでしょ」

げんなり顔で六美はその手を握り返した。月夜の笑顔はさわやかなままだ。

「そんなことないさ。少し方向性を間違えただけで、料理そのものはハイレベルだったろう。それに、太陽のことは隅から隅まで調べたと言ったよね。もちろん、君が太陽にとってかけがえのない存在であることは把握済み。太陽を愛する者同士の対戦という点でも、名勝負だった」

「太陽への想いでも並んでるつもりなのが一番納得いかないけど」

「僕の愛だって負けていないからね。何にせよ、一回戦の勝者は君たちだ。僕の分まで頑張ってくれよ」

そう言って月夜はひらひらと手を振る。

「そうそう。それとこのお弁当、太陽に渡して」

「ぜったいにいや」

断固として断ると、月夜は去っていった。

残された七悪が六美に頭を下げる。

「ごめん姉ちゃん。僕、失敗しちゃって……」

「ううん。私こそ、メインの出場者は私なのに、七悪に頼りっきりになっちゃったから。何を作るか、ちゃんと考えないとね……」

何とか勝利は摑んだものの、この先に不安を残す結果となり、二人の間には重たい雰囲気が流れる。

しかし、落ち込むのはそこまでだった。

「でも、上等よ。ここまでコケにされて黙ってるわけにはいかない。次の試合から見せてやろうじゃない。夜桜家10代目当主の料理術ってやつを……!」

切り替えられる心の強さ。これもまた、夜桜家当主六美の強さの一つでもあるのだった。

休憩時間を挟み、二回戦が始まる。

指定の調理台に向かうと、先に到着していた対戦相手が六美たちを待っていた。

「参加されているのは存じていましたが、六美様が次の対戦相手でしたか」

「翠君も参加してたんだね」

現れたのは、政府直属の諜報機関ヒナギクの班長であり、六美の古くからの知り合いでもある蒼翠だった。

「俺もいるぞ」

副班長の犬神王牙も無邪気な笑顔を見せる。

「お久しぶりです、翠さん、王牙さん」

「ああ七悪教授、久しぶり」

一度は二人に殺されそうになったこともある七悪だが、今や関係は良好で、笑顔で挨拶を交わし合った。

「出場者が翠君？　王牙君はサポーターかな」

「はい。招待状はヒナギク宛てに届いたのですが、不動室長の命令で僕が出ることになったんです」

「そうなんだ。……私、かなり燃えてるから。負けないよ」

「いえ。申し訳ありませんが、六美様が相手でもやる以上は勝たせていただきます」

静かに、火花が散る。

そこに、今度はサバイバルのプロ、鬼木が現れ、審査員としてお題を告げた。

「二回戦のお題は、『スタミナ料理』です」

鬼木は説明を続けながら、ぶふーと鼻から大きく息を吐く。

「私は土食べてでも数か月間活動できますが、美味しくて栄養価が高い方がいいに決まってますからね。鉄の胃なだけで、舌はまた別に肥えてますからね」

もう一度、ぶふーと鼻息を一つ残すと、彼もまた別の試合へと向かっていった。

残された六美と翠はすぐには動き出さない。そのお題の意味を一度冷静に考える。

特に六美は一回戦と同じ轍は踏むまいと、脳をフル回転させていた。

先に動き出したのは、翠の方だった。

「このお題、僕たちには運が良かったな。ヒナギク鍋を作る。王牙手伝ってくれ」

「おう、ヒナギク鍋だな。それなら簡単だぜ」

肉も野菜も多様な食材をふんだんに使用し、栄養満点スタミナ抜群。鍋にすることで、摂取の効率にも優れる。味もピカイチの、ヒナギク伝統の料理である。

翠や王牙にとっては十八番、得意料理中の得意料理と言える。

通常はヒナギク室長の不動りんが素手で集めた新鮮な食材を使うのだが、主催が用意した食材もなかなか品ぞろえが良かった。

食材の台には、野菜や薄切りの豚バラ肉などよく見る食材の他に、解体前の猪や熊、名前もわからない何かの尻尾らしき部位など、どうやって用意したのかわからないものも並んでいる。

扱いの難しそうなそれらの食材も、翠と王牙は次々に捌いていった。それを可能にするのが、彼らの技術。ヒナギクに伝わる基本歩法「花踏み」を応用した、柔らかな太刀筋は、繊細に食材を処理していく。

各具材が、様々な食材からとった出汁がよく染み込みながらも、繊維一本一本が最も心地よい舌触りで解けるのは、この下処理あってこそだ。

翠の技術が優れているといっても、料理は専門ではない。作れる料理の幅で言えば、ヒナギク内でも化学班のメンバーの方が料理上手というにふさわしいだろう。

しかし、普段から作っているヒナギク鍋に関して言えば、その仕上がりは間違いなく一つの極みにあった。

一方、少し遅れて六美たちが作り始めた料理は。

「……角煮ですか」

「そうよ、トロトロの美味しいやつ」

下茹で、アク取り、洗い。一つ一つの仕事が丁寧で、段取りも手さばきもスムーズだ。この調子であれば夜桜チームも美味しい角煮が出来上がりそうであった……普通に。

……そう、普通なのである。

七悪の能力を存分に発揮した一回戦の毒カレーや、ヒナギクの技術を詰め込み、珍しい食材を盛り込んだヒナギク鍋に比べ、六美が主導して作る角煮は、常人の領域を出ない。

普通に料理するだけでも、包丁さばきや火入れの技術で、どうしても翠に後れを取ってしまう。

「これは……お題が酷でしたね。六美様が僕たちに勝つには、普段から夜桜家で料理をしていることによる、対応できる幅の広さで勝負しなければならなかった。僕たちは料理のレパートリーはあまりないですからね。でも、このお題であれば、数少ない僕たちの得意料理、ヒナギク鍋で応えることができてしまった。こちらの運が、少々良すぎました」

淡々とした、涼し気な口調は変わらない。ただ、それは六美を気遣うような言葉だった。

しかし、彼女は不敵な笑みで返すのだった。

「あら、もう勝った気分でフォローのつもり？　優しさは受け取るけど、気が早いんじゃない」

「……ほう？」

「七悪、お願い」

「うん！」

七悪は元気よく返事すると、まな板の上に取り出した角煮に向かってその大きな拳を振り下ろした。

角煮や大根その他の具材はぐちゃぐちゃに飛び散る、かに思われた。しかし、七悪が叩きつけた拳を上げると、そこには、適度にほぐれた具材が、ひと口大の丸いゼリーのようなものの中に閉じ込められていた。

「……それは……？」

「おお、できたみたいですね」

またも狙いすましたようなタイミングで、審査員たちが現れ、そのまま実食審査が始まる。

翠の質問に対し、六美は見てればわかるとでも言うようにアイコンタクトで答えた。

「まずは蒼翠さんの鍋から……。おお、これは美味しい！」

「んーん、46922つ星。下処理を誤れば雑味の出る食材も使われているのに、完璧です」

「栄養価も申し分ないな。大仕事の前に皆でつつけば、精がつくはずだ」

三人ともが、一回戦では聞かなかったような賛辞を次々に送る。その明らかな高評価に、一回戦の六美たちだったら敗北は間違いなかっただろう。

しかし、そうはならない。六美たちも一回戦とは、試合に向かう気概も集中も、何もかもが違った。

翠チームへの高評価のあと、ひと口水を飲んで口の中をフラットに戻した審査員が、夜桜チームの審査へ移る。「さて、夜桜六美さんは……角煮、ですかね」

「はい。七悪特製の特殊ゼラチンを使ったゼリーで、煮汁ごと包んであります」

「どれどれ……おお、これは」

「んーん、通常のゼリーと違って、温かい状態で食べられるんですね。そして口の中に入れたときにほろほろと解ける、と」

「ひと口で、角煮の全てが味わえますね。味も、角煮といえばご飯の進む濃い味のイメージですが、食欲をそそる感じはそのままにしながら、これは大根などの優しさが強めに出ている……。なるほど、ただただ栄養価ではなく、スタミナをつけたいとき、すなわち弱っているときでも食べやすい配慮をしたんですね。柔らかく煮て、ゼリーで包んで飲み込みやすく、消化によい」

ぶふーと鼻息。

一回戦より明らかな高評価だ。さらにコメントは続く。

「で、これだけじゃないだろう」

厳龍寺がにやりと笑う。

「その通り。流石ですね」

そう言って六美が取り出したのは――。

「なるほど、おにぎりですか」

「ええ。この角煮の一番の食べ方は、おにぎりの具にすることなんです」

審査員は艶のある白米に包まれたおにぎりを口に運ぶ。

「んーん、これは美味しい。当然、お米に合う味ですしね」

「ふむふむ、ゼラチンで固めた分、おにぎりの具材にしやすくなっていると。そして、煮汁が口の中に広がると同時に、お米と混ざり合って至福の味が完成します」

「しかも、おにぎりにすることで持ち運びも可能、潜入時を始め仕事の弁当にできると。そういうことだな、夜桜当主?」

「はい。それに、これなら冷めても美味しく食べられるから夜食にもできるんです。うちには生活リズムが不規則な人もいますから。いつでも食べられて、いつでも元気が出るものがいいって知ってるんです」

すると、厳龍寺が豪快に笑った。

「はっはっは。一回戦とは大した違いだ。これが夜桜当主という訳だな」

「ええ。名門を背負ってるので」

「面白い。一品であらゆるニーズにこたえられるメニューを打ち出すとは、何人もの兄弟たちを送り出す夜桜家当主ならではの視点だ」

厳龍寺がロベールと鬼木の顔を見ると、二人とも何も言わずに頷いた。

「料理の出来栄えで言えばどちらも甲乙つけがたいが……お題に対して具体的なシチュエーションをいくつも想定し、あらゆる状況に対応できる料理としたこと。スパイ料理大会としてはこの点を評価すべきだろう」

「……ということは……」

「この勝負、夜桜の勝ちだ」

「……よ……っしゃあ！　一回戦の雪辱果たしてやったわ」

「やったね姉ちゃん！　すごいや！」

「七悪のおかげだよ」

ガッツポーズやハイタッチで喜ぶ六美たちに対し、翠は拍手を送った。

「負けました、お見事です。……それに、先ほどは失礼をしました」

「ううん。料理としての評価だったら、あなたのヒナギク鍋の方が上でもおかしくなかった。いい勝負だったわ」

先ほどとは打って変わり名勝負となった二回戦が、ここに決着した。

一回戦の失敗から学び、見事強敵翠を倒した六美は、大会の戦い方を完全に摑み、次なる戦いへと進むのだった。

そこからは六美と七悪の快進撃が始まった。

未知の食材をメインに据えた料理や、新時代の時短飯の開発、スパイ界ならではの食育、などなど。様々な課題が課される中でも、六美の機転と七悪の技術サポートで、一癖も二癖もある対戦相手たちを上回っていった。

「すごい活躍ですね、六美と七悪」

夜桜式電気銃「八重（やえ）」の電撃で気絶させた黒服の男たちを縄で縛りながら、太陽が言った。

その脇には同じような黒服の男が何人も縛られ横たわっている。

「当然だ。うちの家族だぞ」

その数倍の人数の黒服で築いた山の上に立つ凶一郎が答えた。

「たとえこいつらの妨害があったとしても勝利は揺るがないだろう」

「そうは言っても、集中させてあげたいですからね」

「その通りだが貴様が俺と同じ意見を持つな」

人前に出れば狙われるのが夜桜、ひいては夜桜家当主のさだめ。怪しい動きをする男たちを見つけた凶一郎と太陽は、六美と七悪が出場している裏で、そいつらの処理を行っていたのだった。

最後の一人の動きを封じ、一段落したところで、太陽がしみじみと言う。

「でも、本当にすごいです。六美は」

「何だ今更。貴様夫のくせにそんなことも知らなかったのかやはり夫失格だなここで死んでおくか遺言くらいは聞いてやる聞くだけだがな」

「流れるように俺を否定してきますね……。六美のすごいところはたくさん知ってますよ」

暴言に苦笑するほかなかった太陽だが、六美のことを想って柔らかな表情になる。

「過酷な運命の中にあって、兄弟たちと違って常人の六美が当主として、それでも笑顔を絶やさずにいること。それどころかみんなの心の支えになっていること。そんな強さには、何度も助けられてきました。失うのを怖がるばかりだったこんな俺に寄り添ってくれたのも……。でも、心の強さだけじゃない。知識とか判断力とか、そういう能力で銀級以上の指折りのスパイたちと渡り合っているのを見て、すごく誇らしいって思ったんです」

「……ああ。六美はただ守られるばかりの存在ではない。スパイ一家の当主として必要なスキルは高水準で会得している。俺の色眼鏡抜きでもな」

「それって、六美が努力して身につけたんですよね。そういうのが発揮されて、周りから評価されているのってなかなか見る機会がなかったから、六美のすごさが認められているみたいで嬉しいんです」

超人的な能力を持たない六美が、他の人知を超えたスパイたちと鎬を削る。常人から夜桜家に途中加入した太陽にとっては、その大変さがよくわかったし、その喜びも人一倍感じられた。

「別にそういうすごさがなくたって、六美は自慢の妻です。でも、……やっぱり『どうだ、俺の奥さんはこんなにすごいんだぞ』って言いたくなりますね」

そう言うと、太陽は照れくさそうに頰を搔いて笑った。

凶一郎も頷き、笑う。

「そうだな。普段見えにくい部分で六美が活躍しているのは、家族として鼻が高い。……だが太陽、よほど調子に乗っていると見えるな。俺に向かって六美を『妻だ、奥さんだ』と連呼するとはな……」

「……ひえっ」

凶一郎が築いた黒服男の山に一人、若い男のスパイが追加された。

「すごいよ六美姉ちゃん。決勝まで来ちゃった！」

「うん！　このまま優勝するよ」

拳を握り、気合を入れなおす六美。しかし、その瞬間、ふらついて七悪にもたれかかってしまった。

「わわ、大丈夫？」

「……ん、大丈夫大丈夫。ちょっと疲れちゃっただけだから」

「六美姉ちゃん……」

七悪のサポートがあったとはいえ、今日作った品数は凄まじいことになっている。しかも、その一つ一つが、一筋縄ではいかない複雑な工程を要するものばかりだった。対応してみせるだけでもすごいのに、常人の体力しかない六美が何品も作ったのでは、限界がきて当たり前だった。むしろ、ここまでよく持ったというべきだろう。

加えて、各お題に脳をフル回転して作る料理を考え、それを七悪に指示しながら自分も作業しているのだ。体も脳も疲労して当然だった。

しかし、六美はすぐに自分の力で立ち、笑って見せる。

「あと一試合だから。頑張らせて」

「……うん」

七悪に止める理由はない。一層手伝いを頑張る、その思いを新たにした。

そんなやり取りをしていると対戦相手が現れる前に、三人の審査員が現れた。

厳龍寺が六美に話しかける。

「まさかここまでくるとはな。一回戦の時は思いもしなかった」

「あなたのアドバイスのおかげで目が覚めたんですよ。それで、決勝の相手はまだですか？」

すると、厳龍寺は腕を組み、その視線をより鋭くさせて、言った。

「待たせたな。決勝はこの俺。前回優勝者厳龍寺とのバトルだ！」

「……へ？」

「今年からスパイ料理大会はタイトル制を導入したんだ。挑戦者内で勝ち抜いたものと前回優勝者とで決勝を行う」

「いや、そこはいいんですけど……」

「ちなみに審査員には俺を含むぜ」

「それ！　そんなのズルいじゃない」

「いいや、超えられない方が悪い」

言っていることは無茶苦茶な厳龍寺だが、その堂々とした態度に、六美は早々と反論を諦めた。

「はあ。考えるだけ無駄そうね……。上等じゃない。超えてみせるわ、あなたの料理をね！」

「ふはは。お前ならそう言うと思っていた。行くぞ。決勝のお題は『死ぬほど美味い料理』だ」

「……変わったお題ね。また毒を使って美味しくしろってことかしら」

「いや、今回はシンプルだ。文字通り、美味い料理を作れ。ちなみに俺は俺の大好物、とんこつラーメンを作る！　審査員の俺も大喜びのな」

「いややっぱズルいでしょこれ！」

「そして今日のために仕込んでおいた特製スープを使うぜ、事前にお題は決めていたからな！」

「留まるところ知らずか！」

ツッコミもどこ吹く風、厳龍寺は調理に取り掛かる。

六美はそれまでの試合と同じように、一度立ち止まってどうお題に応えるべきか考え始めた。

「……いや、どう応えるもないわね……。ただ美味しい料理を作るだけなんだから」

しかし、そう思えば思うほど、何を作ればいいかわからなかった。

自分たちも厳龍寺の言うように好物のとんこつラーメンを作るか。いや、流石に前回大会優勝者の得意料理に真正面から戦うのは厳しいだろう。

では他の審査員の好物を狙うか。いや、今からそれを調べる時間はない。それに、ただ相手の好みに合わせても「死ぬほど美味い料理」というお題に応えられるとは思えない。

「うーん……。だめだ、頭が回らない」

一日中料理をして疲労した脳では、とっかかりもないこのお題に対しなかなかアイデアが浮かばない。考えていると何だか頭がふらふらしてくる。

「む、六美姉ちゃん……」

「ちょっと待ってて、すぐ思いつくから……」

考え込む六美の肩を七悪が摑む。

「ううん、もう大丈夫だよ！」

七悪が六美に顔を近づけると、バケツごしでも笑顔が伝わる。彼女を安心させるための笑顔が。

「僕、一回戦で失敗しちゃったでしょう？　それから、手伝いはしてたけど、考える部分はずっと六美姉ちゃんに頼りきりだった。だから、ここは僕に頑張らせてよ」

「……でも、メインの出場者は私で」

「助け合うのが家族でしょう？　そこは、支え合える優秀なサポーターを選んだ六美姉ちゃんがすごかったんだって、言わせてみせるから」

その表情や声色には、ただの楽観は見えない。七悪は、自信満々でこの提案をしているわけではなかった。六美のことを助けるため、精一杯の勇気で、このような行動を取っているのだ。

それに気づいた六美に、断る理由はなかった。

「わかったわ。じゃあ、お言葉に甘えて」

「ようし！　じゃあ、六美姉ちゃん今疲れてるよね？　難しいこと考えず、今食べたいもの言ってよ」

「ええと、じゃあケーキ。今は疲れた脳に糖分チャージね。……本当はダイエット中だけど、ちょっと太っちゃいそうなのを気にせずに甘ーいクリームの……はっ、い、今のは忘れて」

「わかった！　じゃあそれにしよう。ダイエット中でも気にしない、クリームたっぷりショートケーキ」

「ちょっと、忘れてってば」

疲れからうっかり失言して顔を赤らめる六美だが、今日一番楽しそうな顔をしていた。

「今食べたいものを作る。それできっと、一番美味しいものを作れるよ」

そうして、好きなスイーツの話で盛り上がりながら出来上がったのが、特製の生クリームをふんだんに使用し、真っ赤なイチゴをいくつも載せた、見るだけで美味しいとわかる綺麗なショートケーキだ。

二人で「こうしたらもっと美味しい」「あれ入ってるのすき」なんて、わいわい盛り上がりながら作った。楽しく、満足いくものが作れた。死ぬほど美味い、なんて究極の味には辿り着けていないかもしれないけど、絶対に美味しいものになった。今はそれで十分だと、六美は不思議とすがすがしい気持ちになっていた。

一方、厳龍寺が繰り出すのは彼曰く究極の料理、とんこつラーメン。

何故そうなったのか、厳龍寺は先ほどよりも一層ボロボロの姿で、肩で息をしていた。

「では、実食しますよ。公平に、料理で判定しますからね」

「んーん、まずはケーキからいただきましょうか」

「ちょっと待て二人とも。何故俺の方から食べない。麺が伸びるぞ」

「厳龍寺さんのラーメンは普段から試食させられているから大体わかっているんですよ」

「６５５００つ星の美味しさはありますが、差にして０．０３つ星程の微かな変化で毎回食べさせられるこちらの身にもなっていただきたく」

「ぬ、そうか……」

審査員も完全に思惑が一致しているわけではないことが垣間見られたところで、厳龍寺も審査側としてケーキを口に運んだ。

これまでの試合とは違った緊張でその様子を見守る。

「……美味い、確かに美味い」

「……それは良かったです」

そう言って六美は微笑んだ。ひとまずそれが聞けたことに満足した。たとえそれが、優勝するには足りないものだったとしても。

「だが、これでは死ぬほどとはいえず俺たちの想像をこえあががががががががg」

「って、審査員がバグった⁉」

ケーキを食べていた三人ともが突然、高速で振動し始める！　恐らくけいれんしているのだろうが、あまりの激しさに彼らの姿がブレて見え、その表情はよくわからない……が、白目をむいて尋常でないことになっていそうである。

六美が驚いていると、落ち着いた様子の七悪が言う。

「あ、多分もうひと口食べると治りますよ」

バグる審査員たちにも一応その言葉は届いていたのか、言われた通りもう一度ケーキを食べると、ぴたりと振動は止んで審査員は正常に戻った。

「こ、これは何が起きた……?」

「んーん、確かにこのケーキはとびきり美味しかったですが、死ぬほどかと言われれば……あがががが g」

「ロベールゥ!」

もうひと口食べたロベールが再びバグる。他審査員も食べてはおかしくなり、もうひと口で正常に戻るのを繰り返した。

肩で息をし、ふらつき、まるで絶叫マシンに振り回されたような様子の厳龍寺が言う。

「このケーキ自体にこんなおかしくなるような要素は感じられなかった……ということは」

その発言で六美も気が付く。

「七悪……。これってもしかして、『食べ合わせ』?」

「その通り。ここまでの審査員さんが食べてきた料理の蓄積を利用したんだ。今日食べたものに入っている、それだけでは何ともない成分が複雑に組み合わさって、この効果を生んでるんだよ……、この、昇天と蘇生を繰り返す活殺自在効果をね」

「んーん、激ヤバ効果ですね」

「しかも私たちの毒耐性でも止められないあがががが g」

七悪は少し恥ずかしそうに俯く。

「……実は僕、一回戦の失敗がやっぱり悔しくて、準備してたんだ。でも二回戦以降は六美姉ちゃんが大活躍して、中々この仕込みの話をする機会がなくて。……何か暗躍したみたいになっちゃった。黙っててごめん、六美姉ちゃん」

「そんな、全然。むしろすごいよ七悪！」

そう言って六美は手放しで喜んだ。

「最後に全部持ってくなんて、お姉ちゃんびっくりだよ」

「ここまで仕込めたのは、六美姉ちゃんが目の前の課題に応えられる料理を作って勝ち抜いてくれたから。だから、僕も僕にできることをやろうと思えたんだ。それに、『食べ合わせ』の最後のピースは、作った人も食べた人も笑顔になる美味しいものだったの。だからやっぱり、六美姉ちゃんの力は不可欠だったんだよ」

「七悪……！」

そう言って二人は抱き合ってお互いを称えた。

思えば、腕自慢の料理人は多数いれど、「サポーターを呼べる」というルールをここまで生かすことができた出場者は他にいなかった。

夜桜家。超人的な能力を持つ兄弟たちや、常人ながら、素晴らしい精神力、知識力、判断力で一家の中心となる当主に目が行くことが多い。実際、一人一人が一流で、一人で仕事をこなしてしまうことだって多い。

しかし、やはりその本質は、家族故の絆の強さ。お互いが自分の得意分野で力を発揮し、弱点を補い支え合って、どんな困難も乗り越えることができる。それこそが、夜桜家の本当の強さなのだ。

ケーキを食べる手を止めることのできない厳龍寺が、バグりながらも宣言する。

「これではあがががg……。文句のつけようもないな。初戦の失敗から、夜桜六美だけでなく、夜桜七悪も学び、大会の中で成長した。俺のとんこつラーメンは越えてあがががg……。第八十二回スパイ料理大会の優勝は、夜桜六美&七悪チームだ！」

「これがそのびっぐばんって圧力鍋で作った肉じゃがかい？」

「もーちがうよ二刃姉ちゃん。ブラックホール」

「確かに、違う……気がする」

「マジで？　俺にはわからんけど。辛三兄ちゃん知ったかしてない？」

「あう……そう言われると思い込みかも」

「おいおい、辛三はそんな風に言われたら自信なくすって」

「えー？　四怨はわかったん？」

「いや、わからん」

「えー。……でも私もあんまりわかんないかも」

「僕も一応科学的に調べてて、繊維の残り方とか栄養素の溶け出し方は違うみたいだけど……味の変化は微妙かな？」

「あんなに欲しがっていたのに、いざ使ってみると違いがわからないってあるあるだな……」

そこは、新しい調理器具が増えても、いつもと変わらない夜桜家の食卓。

みそ汁をすすり、凶一郎が一言。

「まあ確かなのは、六美の料理が美味いってことだな」

ドキドキ★お化け屋敷への潜入！

Mission:
Yozakura Family

『日本最恐お化け屋敷！　呪縛病棟』

主張の激しい文字サイズに、おどろおどろしいフォントがいまいちマッチしていない。「日本最恐」を自称するどころか、施設名にまで入れ込み、でかでかと入口に掲げているのは、自信の表れだけではない。

「入口から怖くし過ぎると、客が減るんですわ。せやからここは、ちょっとダサくしとるんです」

このお化け屋敷のプロデューサーは、とあるインタビュー動画でそう答えたのだった。お化け屋敷には似合わない陽気な関西弁で喋る恰幅の良い男だった。

だから、この呪縛病棟の正面部分には、お札やら人体模型やらのいかにもな飾りはないし、よくある急に動きだす仕掛けなども用意されていない。子供だましのような看板の他には、ただ少し古びた病院風の入口があるだけである。

しかし。

「さ、さささ最恐だって……!?　し、辛三、ついてきてるかいっ」

「お、おおお落ち着いてよ姉ちゃん、まだ入ってもないよ」

既に互いに抱きしめ合って震える、二刃と辛三がいた。

二人は後悔先に立たずということわざとともに、今朝の出発前のやり取りを思い出すばかりだった。

「本当に大丈夫なの？」

もう何度聞いたかわからない六美のその言葉だが、二刃も辛三もうんざりするような素振りは少しも見せなかった。心配する彼女を安心させるように、優しい声で答える。

「大丈夫だよ。これでも夜桜の長女なんだ。仕事はきっちりやるよ」

「俺もいるしさ。どんな任務だってきっとなんとかしてみせるよ」

「でも……」

「全く、六美は心配性だねえ」

それでも不安が拭えない六美の頭を、二刃が撫でた。

「どうしたんです？　こんな朝から」

通りかかった太陽（たいよう）が、その雰囲気に思わず足を止めて尋ねた。

「聞いてよ太陽。二刃姉ちゃんと辛三兄ちゃんが、無茶な仕事の依頼を引き受けようとしてて……」

「え、二人でも無茶な仕事って、いったいどんな……？」

二刃も辛三も金級（ゴールドランク）のスパイで、しかも夜桜家でも戦闘を得意とする武闘派だ。夜桜式柔術「しだれ組手（くみて）」を使いこなす二刃に、あらゆる武器の扱いに長（た）ける辛三までいて、無茶な仕事とは、いったいどんな任務なのかと太陽は唾（つば）を飲む。

二刃は涼し気に答える。

「六美が考えすぎなのさ。ただ誘拐組織を一つ潰すだけだよ」

「その誘拐犯ってのが凄腕（すごうで）だったりするんですか？」

「いいや、大したことないよ」

「うん。そこは大したことないの」

姉妹仲良く口を揃（そろ）える二人に、太陽は首を傾（かし）げた。

「じゃあ何が無茶なんだ？」

すると、六美は一枚のチラシを取り出す。

「……『呪縛病棟』？　これお化け屋敷のチラシか？」

「そこが、その誘拐組織が潜む誘拐現場になってるのよ」

「え、二刃姉さん、お化けが大の苦手なんじゃあ……。辛三兄さんも怖がりだし」

「だから無茶なんじゃないかって言ってるの」

「なるほど……」

無茶な仕事の意味がわかり、太陽は納得する。六美もため息を吐いた。

「ああ、もういっそお化け屋敷ごとぶっ壊しちゃえればいいんだけど」

「物騒だな六美……。でも、それってだめなのか？」

太陽の質問に辛三が補足する。

「お化け屋敷自体は組織のアジトってわけじゃないんだ。一般人が作って運営してるところを犯人たちが利用してるみたいで。だから今回の任務は、営業中のお化け屋敷に潜入して、一般人であるスタッフとか他のお客さんにもバレないように、その中に隠れてる犯人を捕まえなきゃいけない」

「それ、普通にお化け屋敷に入らないとだめってことじゃないですか」

「まあ、そういうこと……」

想像して辛三はげんなりした。

「何でこの二人にこの依頼なんだ……」

「たまたまタイミングが悪くてね……。夜桜当主としても、危険な任務はさせたくないんだけど」

そう言う六美に、二刃が胸を張って答える。

「どんな依頼でもばっちりこなすってところ見せつけるチャンスじゃないか。夜桜ブランドをあたしに守らせとくれ。それにお化けが怖いと言っても、ここならきっと大丈夫さ」

「何か理由あるんですか？」

太陽の質問に二刃はふっふっふと笑った。

「あたしが怖いのは幽霊とか呪いとか、合気が効かないやつで、ゾンビとか化け物とか投げられるやつなら平気なんだ。そのチラシよく見てごらん」

「ええと……『呪われた患者たちがゾンビと化し、襲い来る！』」

「ね？　ゾンビって書いてあるしセーフだろう？」

「いやあ、そうですかね……？　呪いって書いてあるし……」

しかし二刃は大丈夫大丈夫と言ってそれ以上聞く耳を持たなかった。

「二刃姉さんはああ言ってますけど。辛三兄さんはどうなんですか？」

「ま、まあ俺は怖くない任務の方が少ないから……」

「それもどうなんですか……」

「ああ、やっぱり心配だわ……」

そう言って頭を抱える六美だが、結局は二人を送り出すのだった。

「ど、どう、姉ちゃん」

「ゾンビなのかい？　これゾンビなのかい？」

「ああ、姉ちゃんの身体はこれを怖いもの判定したんだね……呪いがだめなのかな……」

目論見が外れ後悔しまくりの二刃だが、やると言った以上引き下がることはできない。

お互いの抱き締める力が強すぎて関節やら骨やらが軋み始めた辺りで、二人は意を決して入口に向かった。


『あそこの病院、閉鎖されたらしいよ』

『そうなんだ……。でも仕方ないよね。あんなことがあったんじゃ』

『うん……。院長さんね、元々は真面目で優しい良い先生だったんだって』

『聞いたことある。町の人を救いたいって、毎日一生懸命働いて、評判のお医者さんだったたって』

『でも、真面目過ぎたんだろうね。運悪く、難しい病気の患者さんが立て続けに来て、亡くなってしまったの。それで相当落ち込んで……』

『何かに縋りたくなって、か。でも相当じゃない？　儀式だー何とかサマだーって、私も夜病院から聞こえてきたことあるし。悲鳴を聞いたって人もいたよ』

『最初は、患者さんのために何でも試そうって気持ちだったのかもしれない。でも、それ以降は何ていうか、何かに取り憑かれたみたいだった』

『……もう、呪われちゃった、のかな。あの病院』

『だとしたら、閉鎖するのが正解だよ』

『だね……。でもさ、まだ撤収作業？　してるよね。人が出入りしたり、声が聞こえたりするから。夜でもやってるみたい』

『……え？　もう完全閉鎖したって聞いたけど』

『あれ……、そうなの……でも……』

『…………』

『…………』

『とにかく、近付かないことだね。院長先生も行方不明みたいだし』

『そ、そうだね……！』

そこで会話は終わった。

「……今から皆さんには、閉鎖されたこの呪縛病棟を探検していただきます」

オープニング映像が終わると、受付の係員が静かに説明を始めた。

「聞いてたかい。病院には近づかない方がいいって」

正気を疑うように、二刃は係員を睨む。白い顔で震える辛三に、その倍は震えながら抱きついている。

「それでは、いってらっしゃい。……どうか、お気をつけて」

「聞いてたかい⁉」

二刃の文句も当然聞き流すプロの技。怖がる二人をスムーズに誘導し、いつの間にか二刃と辛三は真っ暗な病院の中に立っていた。

まずは廊下に出るが、その長さと暗さで、どこまで続いているか端が見えない。

リノリウムの床や、掲示物、案内から病院だとわかるが、汚れ方や、埃っぽいようなカビっぽいような臭いは、廃墟のそれだ。

ピチョン。ビクゥッ！

……カタン。ビクゥッ！

物音がするたびに、二刃の身体がバネ仕掛けのように跳ねる。

「だ、だだだ大丈夫？　二刃姉ちゃん」

「ももも、問題ないよ。さ、さっさと進んじまおう」

「それもそうなんだけど……今回はただお化け屋敷を進むだけじゃだめだから」

「……？　……？」

いっぱいいっぱいの二刃の周りにたくさんの疑問符が飛び回る。

「やっぱり……。お化け屋敷に潜んでる誘拐犯を見つけて捕まえる。そ、それが俺たちの目的だから」

そう。今回二人はこのお化け屋敷を駆け抜けるだけではだめなのだ。隅から隅までじっくり見て回り、場合によっては何度も出入りしたり、怪しい場所で待機したりする必要まである。

「あ、ああ。わ、忘れてないよ」

絶望の表情で下手(へた)な嘘(うそ)を吐く二刃だが、辛三にもそれを指摘する余裕はない。

「それと、物を壊したり、人を投げたりしちゃだめだから。危ないからさ。い、いいい？　お化け役は、一般人、だから」

「そ、そうだね。作り物だから。お化けはいない」

お互いが自分に言い聞かせるように、ぶつぶつと唱える。

「俺も、精神安定と護身用に持ってきた、アサルトライフル、マシンガン、ショットガン、手榴弾、ロケットランチャーは使わないようにするよ」

ギィイ。ビクゥッ！

物音に向かってしだれ組手の型を構える二刃と、銃口を向ける辛三。そんなお互いを見て、気まずい空気が流れる。

「と、とにかく、他のお客さんも、お化け役の人も、怪我させないこと」

「あ、ああ。プロだからね。仕事はきっちりやるさ……」

言葉とは裏腹に二刃の顔は青ざめていたが、二人は順路に沿って歩き始めた。

沈黙を埋めようと辛三が口を開く。

「この呪縛病棟は、実際の廃病院を利用して作ったんだって……」

「へ、へえそうかい。本格的だねえ」

「元々病院だったものだから、施設の一部だけをお化け屋敷にして、使ってない部屋は放置されてるらしい」

「よく調べてるね辛三」

「俺は怖がりだから、怖いもののことは良く調べるんだ。おかげで昨日から眠れなくなっちゃったんだけど……」

「あたしにもあまり教えてほしくなかったよ」

「大まかな全体像としては、小児科、検査室、ナースステーション、手術室、院長室を回るんだって。ちなみに、昔は最後に霊安室もあったんだけど、怪奇現象が起きるから閉鎖になったとか……」

「それはわざとやってるのかい⁉」

「あ、いや……。お化け屋敷を調べるのに怪しいところがどこか知っておいた方がいいかなと思って」

「……ああ、それは……そうだね……」

そんな話をしながら最初に辿(たど)り着いたのは、小児科だった。

壁に貼られたポスターは、小さい子に向けた可愛(かわい)らしい絵柄で手洗いうがいを勧める内容だったのが、ボロボロに汚れて、不気味さを放つ。他にも動物や子供の絵が貼られていたが、どの絵も汚れのせいか泣いているように見えた。

絵本や、おもちゃが置いてあるスペースも、きっと当時はふわふわだったクッションが破れ、硬い木材が露出している。

そして。

「……スン……ヒッ、グスン……」

奥の方から、子供のすすり泣く声がする。

「あ、俺これ系だめ」

どれ系ならいけるのか、とツッコむ者はこの場にはいない。二刀は既に心ここにあらずだ。

『ザザ……ピンポーン。ヨザクラ……フタバちゃ……シンゾウ……ン。診察室へ、……』

突如流れたアナウンスに、二人は背中を合わせて死角を潰す。すると、診察室の扉が独りでに開いた。次に進むべきは明らかだ。

絶対に行きたくないというのはこの場の総意だったが、事件解決のためには避けて通れる場所はない。

二人が無言のまま部屋に入る。外と同じように子供向けの絵が貼られつつ、古めかしいデザインの診察机と、診察台があるだけの狭い部屋だった。ただし、ここも埃をかぶっている。

二人を呼び出したはずの声の主はおらず、診察室は無人だった。

「えっと……順路がこっちってだけのアナウンスか？」

「そ、そうだね」

奥にも部屋があるようで、そちらに向かおうとしたその時。

ガラガラっ！　バタンっ！

「「ひいぃぃいっ！」」

「ニガ……ニガサ……ナ」

「ああっ！」

入ってきた扉がすごい勢いで閉められる。

二人が悲鳴を上げる。

閉められた扉のすりガラスの向こうに人影が現れ、扉を叩きながら何かを言う。

パニックになった二刃が辛三のアサルトライフルを彼方まで投げ飛ばす。

武器を一つ失った辛三が絶望する。

今起きた一瞬の流れ。

そのまま二人が固まっていると、人影はいつの間にか消えていた。

「姉ちゃん……生きてる……？」

「……死んだよ」

「生きてるみたいだな……」

ひとまず安全を確認し、辛三は息を吐く。

「何も壊さなかったのはいいけど、俺の武器がどっか行った……」

「いやあ、驚いたら身体が勝手に」

「気を付けてくれ……武器がなくなったら、俺は……」

想像だけで辛三は頭を抱えてしまう。

「悪かったよ、だからそんなに引っ張らないでおくれ」

「……？　引っ張る……？」

「さっきからあたしの服を引っ張ってるだろう……？」

「……いや……？」

よく考えれば、辛三は二刃の左隣にいて、その両手は頭を抱えている。

しかし、服を引っ張る感覚は、右後ろから。

恐る恐る、その感覚の方へ振り返る。

そこにいたのは、暗くて怖いところで会いたくないものランキング一位（二刃&辛三調べ）、肌(はだ)の白い子供。

「「～～～～～～～！！！」」

もはや言葉にならない叫びを残し、二人は部屋を飛び出す。

この時にも二刃は辛三のロケットランチャーとマシンガンをどこかへ放り投げた。

そのまま次の部屋と次の次の部屋を駆け抜け、廊下に戻ってくる。

「ヤバすぎる……流石(さすが)日本最恐……」

肩(かた)で息をする辛三に対し、虚空を見つめ、もはや呼吸が止まっている二刃。しかし、呪縛病棟はまだ始まったばかりだった。

病院を進むにつれ、この病院で何が行われていたかがわかる構成になっていた。

患者を救えなかった院長は、オカルトじみた治療に走るようになる。科学的な方法ではなく、患者を暗室に閉じ込めて呪文を唱えたり、人形や血をささげたりといった儀式ばかり行うようになった。その結果、救えない患者はさらに増え、儀式はエスカレートし……。

本来薬品や医療機器が並ぶはずの検査室には、藁人形（わらにんぎょう）や、変わった形の燭台（しょくだい）、大量のお札が。

「ひっ」

そんな方針についていけないと、辞めようとしたナースが暴行を受けたナースステーションには、虚（うつ）ろな目で俯（うつむ）くナースの霊が。

「これ……人……？　動かないで……動かないで……ぎゃあああああ」

手術室では、正気を失った執刀医が、無茶苦茶な理屈で麻酔無しの外科手術を強行し、患者が悲鳴を上げ続ける様が演じられていた。

「あああああ何も聞こえないあああああああ」

もっとも、辛三はともかく、二刃にはそのあたりの細かい情報はもはや入ってはいなかったのだが。

虫の息になっている二人の前に現れたのは、院長室だった。

「はあ……はあ……。怖い……し、事件の気配もないし……」

「……（コクリ）」

語彙を失っている二刃は、頷くので精一杯だった。

「事前に調べた感じ次の院長室が最後っぽいな。ここまで怪しいところはなかったし、やっぱり誘拐犯はルート外に潜んでる……？」

「……（フルフル）」

首を振る二刃。これ以上はごめんだというのを、態度で主張してくる。

「俺も嫌だけど……元々誘拐犯が潜んでるのはそっちの方の可能性が高いとは思ってたんだ。でもルート外はお化け屋敷になってないから、お化け役の人が怖がらせてくる今までより怖くないかも――」

「……あの……」

「……！」

無言の二刃の身体が大きく跳ねる。それに驚き、辛三も二刃が凝視している方に身構える。

そこには男の子がいた。俯き、何度も涙を拭っている。

「すみません、僕、みんなとはぐれちゃって……」

しかし、様子を見るに、今までのお化けとは様子が違う。血や埃で汚れたいかにもな服装はしておらず、シンプルなTシャツに短パンを穿いている。どうやらスタッフ側ではなく、客側のようだった。

それまで言葉をなくしていた二刃が、それを見るや近付いて声をかける。

「大丈夫かい。もう怖くないからね」

「もしかしてこの子、小児科で服を引っ張ってきた子じゃない？」

「あら。そうなのかい」

「……うん」

男の子は鼻声で返事をした。

「そう。それはすまなかったね……。でも、もう安心だ。あたしたちがいるからね」

「あそこからここまで一人だったなんてすごいよ」

「……本当？」

「ああ、すごいさ」

すると、男の子は泣き止み、顔を上げた——その顔は。

その目は暗く大きな空洞になっていて。

その皮膚はボロボロに焼けただれていて。

その頬は裂けて歯がむき出しになっていて。

ポキリ。

首が九十度左に折れ、顔が水平になり。

「アリガガガガガガガがががががががとととと」

「ぎゃああああああああああ」

それが、二刃の限界だった。

最後に残った辛三の武器を全て投げ飛ばしてから完全にノックアウト。

「ああああ武器がない!!」

少し遅れて、武器を失った辛三もダウン。

男の子はいつの間にかいなくなり、残ったのは、気を失い、ピクリとも動かない二刃と、武器を失い超ビビりモードに入って、二刃を起こすこともできない辛三。

そのまま進むことも戻ることもできなくなってしまった二人を見かねて、今までに出てきたナースや小児科医のお化け役の人たちが出てきた。

「あの……大丈夫です?」

服装やメイクはそのままなものの、その雰囲気はお化けを演じていない生身の人間のものになっていた。

「だ、大丈夫じゃないです……。姉は完全に気を失ってしまって、俺も武器がもうないしで……」

「ぶ、武器？」

「ああ、いや、何でもないです」

「そうですか。医務室や非常口も用意しているので、リタイアされますか」

「……すみません、お願いします」

このままでは任務も何もない。一旦出て作戦を練り直すという判断を下す。

ナースの人は怖いメイクながら優しい笑みを見せてくれた。

「お出口こちらです。お姉さんは医務室にお連れしておきますね」

「はい……。あの、すみません。足に力はいらなくて」

「大丈夫ですよ～」

ヘトヘトの辛三の手を、小児科医役の人が引いてくれた。ガタイのいい辛三だが、小児科医も中々の力があり、辛三に肩を貸して歩くのを補助する。

肩を借りるとなお感じる、男の力強さ。それは、スパイとして第一線で活躍する辛三から見ても、一般人とは思えない立派な身体つきだった。

「……あ、あの……すみません……」

そんな彼に対し、辛三は考える。怖がりだから、最悪を想定する。こうなったら嫌だ、という不安が次々に浮かぶ。

例えばそう、恐怖から解放されたと思って、油断したところを狙われるような。

「……ここのスタッフの人じゃないですよね」

瞬間。

小児科医が懐からメスを取り出し、辛三の喉元を裂かんとする。辛三は身体を屈め、メスは空を切った。そのまま屈伸した力を利用して、小児科医を体当たりで吹き飛ばす。

しかし。

「浅いかっ！」

武器を持っていないと調子が出ない。手ごたえのないまま飛ばされていった小児科医は、そのまま闇に消えてしまった。

「くそ、スタッフに成りすましてたのか……。姉ちゃんが……！　いや待て、こんな時こそ冷静にならなきゃ……」

二刃が連れ去られ大きなピンチとなった今こそ、辛三は心を落ち着けるように努めた。他でもない家族の危機、であるならば慌てることは更なる危険につながりかねない。

普段オドオドしてばかりの臆病な辛三だが、この辺りの切り替えは流石の一流スパイである。

一つ、深く息を吐いて、頭の中を整理する。

第一に、奴(やつ)らは誘拐組織だ。大事な商品である二刃がすぐに傷つけられるとは考えにくい。

さらに、先ほどのメス捌(さば)きからして、やはり事前の情報通り、誘拐犯の戦闘力はそう高くはなさそうだ。そんな彼らがもし彼女を連れだそうとしても、お化け屋敷外の怖くないところに出れば、一瞬で返り討ちにあうはずだ。

つまり、今すぐに二刃がやられたり、遠くへ連れ去られたりするようなことはないだろう。

しかし逆に言えば、お化け屋敷内にいる限りは、完全に恐慌状態の二刃が、自力で逃げ出せる可能性も低い。ここまでの探索から考えて、誘拐犯たちはお化け屋敷のルート外のどこかに潜んでいるだろう。二刃も恐らくそこに監禁されるはずだ。

「よし、そうと決まれば……」

そう意気込むのは、真っ暗な廃病院に残された、武器も持たない、一人ぼっちの辛三。

……ピチョン。静かな院内に、不気味な水滴の音が響く。

「は、ははは早く助けに行きたい！　姉ちゃんと合流したい！」

何事も、相手の心を折るところからだ。

誘拐も、輸送も、洗脳も。まず初めに相手の心を折ってしまえばスムーズにいく。

子供相手であるならば特に。

だから、誘拐組織「ホントコワ」は、心霊スポットやお化け屋敷での犯行を行ってきた。単純に暗闇が多いのも都合が良いが、相手を恐怖で黙らせることができる。

メンバーは全員、人を怖がらせる技術に長けたプロだ。

そして、誘拐した子供を静かにさせるため、誘拐後も怖い思いをさせ続ける。被害者は単に犯罪に巻き込まれる以上の恐怖を植え付けられる。悪逆非道な犯罪者集団として、聞く人が聞けば震えあがる存在であった。

「おおお、おば、おば、おばばば……」

うわごとを唱える二刃は、自分が誘拐組織に連れ去られたことに気が付いていなかった。本当のお化けが出てきたと思い、震えている。

気絶しているところをナースに扮した犯人に連れ去られ、二刃は呪縛病棟の地下に監禁されていた。お化け屋敷としてのルートには含まれない、元々の廃病院のままの霊安室。装飾があったとはいえ、今まで通った道はお化け屋敷として整備されていたのだと気付く。剝き出しの、生の、廃墟らしさというのはまた異質さを放ち、「ここに居たくない」という思いを強く感じさせる。

そこに、ホントコワの仕掛けが施されている。

基本的には、無音。そして暗闇。

しかし、それに慣れさせないよう、時々物音や声が聞こえる。それは時に足音で、時に悲鳴で、時に笑い声で。

常に何が起きるかわからない状況を作り上げ、二刃の恐怖心をさらに煽（あお）っていた。

ホントコワは姿を見せない。長時間、怖がらせるには、「いつ何が来るかわからない」緊張を持続させる必要があるからだ。一度姿を現せば、二度目は、それを超える必要がある。無論、彼らならば何段階にも分けて恐怖を増幅させていくことも可能だが、そのタイミングは緻密にコントロールしているのだ。

彼らは徹底していた。一度の誘拐にここまで演出を張り巡らせる、この用意周到さが、誘拐の成功率を格段に上げていた。

……ただし、怖がらせる部分に美学を持ちすぎて、誘拐相手の選択には適当なのが玉に瑕（きず）だ。

「これ……よく見たら夜桜家の長女よね。一緒にいた男は次男」

霊安室を監視する別の部屋で、ナースがため息を吐いた。

執刀医が答える。

「間違いなさそうだな。今日一番怖がりっぷりのいい子供を攫う計画だったが……」

「これで二十歳らしいわよ」

「マジか。見えん……」

するとリーダー格の患者が立ち上がる。血だらけで外科手術を受けていた一番ボロボロの男だ。

「だが、これはチャンスだ。あの夜桜家の長女がこれほどの怖がりとはな。次男が助けに来ようとするかもしれないが、奴もあのビビリ具合だ。しかも、武器は失ったと見える。問題ないだろう。このまま、長女を売り飛ばす」

「了解」

その返事の統率具合からも、彼らのプロとしての力量が垣間見える。

「ではこのまま長女を怖がらせつつ、監禁を続けろ。俺は買い手を探す。きっと良い値が付くぞ」

「高級血糊が買えますね！」

「叫び声のボイストレーニングにも通えるぞ」

「ササ子VSダダ子の初回限定版 Blu-ray BOX も買えるんじゃない？」

「「いいなそれ」」

皆口々に稼いだ金の使い方について思いを馳せる。

人々を恐怖に陥れる誘拐組織。しかし、その目的は人を怖がらせることのみであり、人を怖がらせるために誘拐をし、稼いだ金で人を怖がらせるための道具を買う、ホラー大好き集団なのだった。

そんな時、小児科医がやってきて報告する。

「リーダー、夜桜の次男がこちらに向かっています」

「おお、怖い怖い。だが、この呪縛病棟は作りがいい。製作者はセンスがある。そこに我々がさらに味付けした無数の恐怖演出と、暗闇の迷宮の中では、ここに辿り着くのは不可能だろう」

「いや……それが」

その瞬間、地上で爆音が響くのがわかった。

それも一発ではない。爆音、爆音、更に爆音。

重火器でありとあらゆるものを壊して回っている様子だ。

「次男が暴れまわってるみたいです」

「馬鹿な。武器は全て失っているはずだ」

「それが点滴スタンドを振り回しながら、演出用の火薬やガスをうまく発火させてルート外の客がいないところを破壊しまくってるようで」

「やはり化け物か……」

「この部屋にもやってきそうね」

「こ、こんなところにいられるか！　俺は出ていくぞ！」

「コテコテの死亡フラグはやめろ！　……仕方ない。だが、奴もまた『怖がり』だ。なら、やることはわかるな？」

「了解」


お化け役の人もいない廃墟部分を、歯を食いしばりながら駆け抜ける辛三は、暗闇の中にその表示を見つけた。霊安室。通常の病院でも、最も死を直接的に想起させる場所。

無骨な防火扉を開けると、階段が続いている。それは、不気味な病院の中でもさらに触れられない場所といった雰囲気で、一際冷たい空気が立ち込めていた。

お化け屋敷として演出された荒れ方ではない、人の存在を拒む場所。気持ちを奮い立たせた辛三が、それでも一瞬足を止め、入るのを躊躇った。

怖い。しかし、だからこそこの先に二刃はいる。怖がりの辛三の直感がそう告げた。

辛三は、一度深呼吸して、手に持つ点滴スタンドを使い慣れた武器だと言い聞かせてから、意を決してその扉を開けた。

ひんやりとした地下の廊下から、更にもう一段階空気が冷たくなる。遺体を安置する場所故に室温が低くなるのは当然だが、今はもう使われていないはずのこの部屋が異常に冷えていることに、辛三は不気味さを感じた。

もう一つ、不気味なことがある。この部屋の広さだ。

病院の霊安室は、小さな祭壇と遺体を寝かせるベッドを置いた、安置のための部屋であることが多い。検死や葬儀までの冷蔵保存とは違い、無機質な冷蔵庫などに入れられることは稀だ。暗さでよくわからないが、この部屋にも朽ちた祭壇らしき跡が残っていることから、長期間ここに置くことは想定されていないと見える。

しかし、そうするとこの広さはまるで、死人が同時に何人も出ることを見越しているようではないか。

ガラララ……。

そのとき辛三が立っているのとは別の扉が開く。虚ろな目の手術着の男が、移動ベッドに死体を乗せて歩いてきた。辛三には目もくれず、祭壇の前まで死体を運ぶ。

同じように白衣の男や、ナース服の女が、一人、また一人と死体を運び、祭壇の前には五体もの死体が並べられた。

異常な空気が流れていた。酸素が薄くなったような、目の前の映像が現実のものではないような。その雰囲気に圧倒され、辛三は動くことができなかった。

既に、彼らこそが誘拐犯たちに違いないと、ほとんど確信している。幽霊やお化けなんてものではなく、オカルトに取り憑かれた医師も、儀式で残酷に命を奪われた患者も、ここには存在しない。

それでも、辛三はその光景から、目を離すことができなかった。恐怖とは理屈ではない。頭で理解して拭えるのであれば、ホラー映画もお化け屋敷も成立しない。それでも訴えかけてくるもの、それが恐怖だ。

白衣や手術着の男など、病院側の人たちが、何やら呪文のようなものを唱え始めた。それは、お経のように低い音で紡ぐのでも、名乗りのように力強く読み上げるのでもない。ただ虚ろに、言葉が吐き出されるといった呪文。

一方、それに呼応するように、死体だったはずの五体が動き始めた。初めは、微かに指が動く程度。それが、全身の震えのようになり、けいれんのように、ついには暴れるようになり。呻き声が漏れ、助けを呼ぶ声になり、ついには言葉になり切らない叫び声になり。

「うぅあうあああああいたあああ！！！」

「ぎあげああああああたすえええええべえええ！！！」

霊安室は苦しむ患者の悲鳴と、暴れるベッドが軋む音に包まれる。

戦闘力で劣るホントコワが業界に名を轟かすに至った渾身の演技は、辛三の心を恐怖で満たした。

「あ……うあ……」

辛三は恐ろしさに言葉も出ない。ここまでよりも数レベル上がった演出に、ここにいる理由を忘れ、頭の中は真っ黒に塗りつぶされたようになる。

しかし。

「……ひっ……」

自分以外の、悲鳴を聞いた。大事な家族の悲鳴を聞いた。

微かな声だったが辛三の耳はそれを聞き逃さず、声のした方向を見る。すると、奥の方に車いすに縛り付けられた二刃を見つけた。

無事生きている。しかし、その顔は恐怖で絶望している。

その瞬間、自分が何をすべきかを思い出す。

「俺が……助けなきゃ！」

そこからは一瞬だった。

叫び暴れる患者で気を引いている隙に背後から近づいてきていた他のメンバー二人に、素早く手刀と蹴りを入れ、即座に無力化すると、すごいスピードで距離を詰め、呪文を唱えていた男たちにボディブローを数発。息が詰まり、言葉を出せなくさせた後には点滴スタンドで殴り飛ばす。暴れる患者たちはその設定は崩さないままに、絶叫しながら自分に刺さっていたメスやハサミを振り回して攻撃を仕掛けてくるが、辛三はそれを冷静にいなし、ベッドごと押しこんで、霊安室の外まで患者たちを飛ばしてしまった。

ガラガラガラン！　とベッドが壁にぶつかる大きな音が霊安室の外でするると、室内はまた静かになる。

控えていたガタイの良い小児科医が、巨大な注射器を武器にして、戦闘態勢で現れる。

「馬鹿な……我々の演出が怖くないのか？　お化け屋敷ではあんなに震えていたのに」

「怖いよ……。でも、俺は元々怖がりだから。怖くても戦うのには慣れっこなんだ」

「く、くそがぁあ！」

猛然と襲い来る小児科医の足元を点滴スタンドで払うと、転んだ男はそのままの勢いでどこかへ転がって行ってしまった。

「メイクとか演技すごいのに、セリフのセンスはコテコテなんだな」

向かってくる敵を一通り倒し、辛三はすぐに二刃を呼ぶ。

「姉ちゃん！」

「辛三、あんた……お化けに攻撃して大丈夫かい？　呪われたりしてないかい？」

「姉ちゃん、これお化けじゃない！　ゆーかいはん！」

「え？　え？」

未(いま)だ状況を把握していない二刃の表情は恐怖の色を残したままだった。

そして、そんな二刃に、今倒したのとは別の全身血だらけの患者が、銃口を向けていた。ホントコワのリーダーである。

「武器を捨てろ」

「まだいたのか……！」

「脅かすんじゃゃなくて脅すなんて美学に反するが……仕方ない。こいつの命が惜しければ、武器を捨ててそのまま回れ右だ」

「くそっ。姉ちゃん！　それもお化けじゃないから！　倒しちゃって大丈夫だから」

辛三は声をかけるが、二刃は特殊メイクのお化けたちに取り囲まれ、恐怖に顔をひきつらせたままだ。

今までの緻密な恐怖演出からすれば陳腐極まりないが、二刃には十分だった。

「これはお化けじゃない……これはお化けじゃない……。うう、そんな急に言われてもね……」

戦う意志を見せようとするが、一日中怖がり過ぎてヘトヘトの二刃は、中々力が入らない。

悔しそうに歯嚙(はが)みをするが、やはりお化けが怖い二刃には、この仕事は相性最悪だったのだ。

「ほら、早く武器を捨てな」

「……くっ」

二刃が反撃に出られない中、辛三がリーダーに促され、ここまで武器にしていた点滴スタンドを手放す。

そんな二刃と辛三の様子を見て、執刀医の男がニヤニヤと笑った。

「やりましたねリーダー。この金で新しい特殊メイク道具を買うのが楽しみですよ」

「バカっ、死亡フラグを立てるなとあれほど……いや、流石に勝ったか。ハッハッハ」

リーダーは特殊メイクの施された恐ろしい顔で辛三の顔を覗き込む。再び武器を失った辛三には、その顔を直視することができなかった。

「おうおう、震えてるじゃないか。武器がなくなるとこんなものか。やっぱり無理してたんだな」

「……うるさい、姉ちゃんをはなせ」

「目を見れていないじゃないか」

反抗の意志はあるものの、俯いて目を逸らしてしまう辛三を、犯人たちが笑った。

「元々日本最恐と名高い呪縛病棟に、このホントコワ特製ゾンビメイクが合わさったんだ。怖がらないなんて絶対に不可能だ」

次々にベタなフラグを立てるリーダーだが、その言葉を聞いて辛三には気付くことがあった。

望みを託すように辛三が再び二刃に声をかける。

「そうだ！　姉ちゃん、ここのお化け、本当に全部ゾンビの設定だったんだ」

「……何言ってるんだい。最初からゾンビだと思っていたけどやっぱり怖かったじゃないか。呪いだ何だと言って」

「それが呪いもなかったんだ。姉ちゃんが気を失った後、院長室でこの廃病院の真相が明かされるんだけど、呪いなんて最初からなくて、裏社会とつながっていた院長が違法な薬を投与したせいで患者がゾンビのようになってたってオチだったんだ」

「さっきから喋り過ぎだ」

二刃を人質にされ抵抗できない辛三を、先ほどの点滴スタンドで殴る。凄まじいフィジカルを持つ辛三にそれほどダメージはないが、殴られたところが赤く腫れた。

「ネタバレか。少々いただけないが、そんなこと言って何になるというのだ」

しかし、何度殴られても、辛三は二刃への声掛けをやめない。

「だ、だから怖がらなくていいんだ。姉ちゃん、大丈夫」

自分も怖いはずなのに、辛三はゾンビだろうがお化けだろうが関係なく怖いはずなのに、笑顔を作ってみせた。姉を安心させるように。

二刃が恐怖に打ち勝てば、こんな逆境一瞬だと信じて。

「なるほどじゃあ怖くない、とは言えないけどね」

すると、二刃は目を瞑った。その表情はやや暗いままだ、しかし、恐怖の底には既にいない。

「可愛い弟があんなに頑張っているんだ。いつまでも怖がってはいられないだろう」

強がるが、怖いものは怖い。だから、できるだけそれを見ないように、そのことを考えないように。

弟がそうしていたような、怖いまま、それでも何とかするために。

「辛三、歯食いしばりな。多分巻き込んじまうから」

「……わかった。任せて」

「……おい、何の話を」

危険を察知したリーダーが二刃の肩を摑む。だが、車いすに縛り付けていたはずの腕が、その手を払いのけた。

「関節外しなんて基本だよ」

今度は、リーダーの顔が青ざめる番だ。

「……！　お、おいお前ら！　怖い叫び声！　音も流せ！」

「あーあー聞こえないー！」

目を閉じ、大声を出してできる限り無視する。

「しだれ組手　白竜の型」

そして。

「朝凪」

投げる。

「東風」

投げる。

「春一番」

投げまくる。

周りに何があるかも無視し、無茶苦茶に技を放ち続ける！

しばらくして、目を閉じたまま一言。

「……もういない？」

「……う、うん」

虫の息の辛三が、朦朧とする意識の中で返事をした。

二刃が目を開けると、メイクの剝がれた普通の誘拐犯たちがあちこちに転がっていた。

「大丈夫だった……？」

二刃と辛三が帰宅すると、真っ先に六美が出迎えた。

「全然余裕だったよ」

「ああ、兄ちゃんたちを信じろ」

胸を張って答える二人に六美が尋ねる。

「すごい！　怖くなかったの？」

「……ああ、……全然」

「全く……問題なかった」

「めちゃくちゃ目が泳いでるけど……。でも、無事帰ってきてくれて良かった。お茶入れるね」

「ありがとうね」

支度のためキッチンへ引っ込んだ六美を見送り、二刃と辛三はダイニングへ向かう。

その途中、二刃が口を開いた。

「……辛三。あんたはすごいよ。怖くても戦う。あたしにはその覚悟がなかった。今日は助かったよ」

「そんな、姉ちゃんがいたから俺も頑張れたんだよ。それに、姉ちゃんも今日は戦えたじゃないか」

「それこそあたしも辛三がいたから頑張れたんだけど……。じゃあおあいこだね」

「うん、おあいこだ」

そう言ってお互いに笑い合った。

そんな話をしていたところ、四怨が通りかかった。

「あ、二刃姉ちゃんと辛三お疲れ。二人が任務行ってきたのってここか？」

そう言ってタブレットを見せてくる。画面には、夕方のニュース番組で、呪縛病棟から犯人たちが連行される様子が流れていた。

「そうそうここ」

「こいつらをあたしがバッタバッタと投げてね」

「いやそれはまあいいんだけどさ。ここ見てよ」

四怨が指さす位置には、画面の奥の方に立つ短パンの男の子がいた。

「あ、この子。お化け屋敷にいたお化け役の子だよ。すっごい怖くて、俺たちめちゃくちゃ叫んだもん」

「ああ、この子はヤバかったね。それで、この子がどうかしたのかい」

「いや、それが……」

そのまま画面を見ていると、男の子は霧のように消えた。建物に引っ込んだわけでもなく、スーッと、カメラの目の前で。

「幽霊の男の子が映ってるって、ネットで話題になってる」

「…………」

「…………」

血の気が引く二人。

「……六美！　今日はお姉ちゃんと一緒に寝ないかい？」

「あ、ズルい！　ええと、太陽ー！　太陽どこー!?　今日一緒に寝よう！」

それから数日間、夜は他の兄弟の部屋に潜り込む二人なのであった。

殺香の夜桜さんち観察日記

Mission:
Yozakura Family

『殺香です！

夜桜家のメイドとなって早数か月。愛する太陽様や愛する六美様のお役に立つべく、日々尽力しております。

お二人の素晴らしさは留まるところを知らず、それどころか日に日に増すばかり。

これは記録に残さなければならない、ということでこの殺香、日記をつけることにいたしました。（毎日の行動、お食事、下着含むお召し物などについては今までもデータ化してまとめておりましたが、この愛しさを言葉にして残したいのです。）

それに、お二人以外にも私がお仕えしている夜桜家の皆様。一流スパイである皆様のことは未だ掴み切れないところも多くあります。そこで、皆様のことも私なりにこの日記に記していきたいと思います。

題して、殺香の夜桜さんち観察日記！

これはその記念すべき第一ページです。

夜桜家のメイドの朝は、主たちの起床をお出迎えするところから始まります』

「おはようございます太陽様！」

「うわっ！ ……殺香か。気配を消して寝室の前で待ち構えなくていいから」

「いえ、太陽様の朝をお待ちするのも殺香の務めですから」

驚きで飛び出しそうになったらしい胸を押さえながら、寝起きの太陽様が苦笑いをしました。

「寝起きでもお見事です」

「……毎朝のことだけど慣れないいな」

その手には私が放った針（毒付き）が握られています。少しでも刺されれば、永遠に目覚めない二度寝へと誘（いざな）えるところでしたのに。

太陽様を鍛えるという目的と、あわよくば愛する太陽様をこの手で殺したいという本音の入り混じった暗殺は今も続いていて、特に起き抜けの一撃は殺香のモーニングルーティンとなっています。

「殺香が俺を思ってしてくれてるのはわかるんだけど……。まあ、おはよう」

「はい、おはようございます！ いつか太陽様が殺香の殺意を受け止めるその日まで、毎日続けさせていただこうと思います。それに……」

太陽様の脇をするりと抜けてベッドに向かいます。

「夜の間に減ってしまった太陽様分を充電しなければいけませんのでスウウゥゥゥゥ」

「ちょっ、さっきまで寝てた布団あんまり吸わないでくれる」

「スウゥゥこのままお布団干しておきますねスウゥゥ」

「その息吸いながら喋るのどうやってるんだ⁉」

今に始まったことではないのですが、太陽様は私に鮮やかなツッコミを入れてからダイニングへと向かいました。

「その息吸いながら喋るのどうやってるの⁉」

その後、同じセリフを六美様からももらいながら六美様分も充電したところで、手早く布団を干し、寝室の窓を開け空気を入れ替えます。埃も不届き者もいない良い朝です。それを確認して。私もキッチンへと向かいました。

朝食については、お二人を起こす前に大方の準備を済ませてありました。あとは温めるだけ……だったのですが、キッチンに着くと六美様が私の準備を引き継いでいました。

「作ってくれてたスープ温めておいたよ」

そう言って六美様は私に微笑みかけてくださりました。くらくらします。

スパイの業界新聞に目を通しながら、コーヒーを飲む太陽様の穏やかな表情も、私を多幸感で包みます。

「殺香も一緒に食べよう」

「そんな、メイドの身でありながらお二人と一緒に食事をとるだなんて」

「そんなの気にしなくていいのよ。ね、太陽」

「ああ。俺たちは殺香に遠慮されるよりそっちの方が嬉しいからさ」

この家では、全ての家事をメイドに押し付けることはせず、各々がやれる事はやるというスタンスを取られています。使う使われるの主従関係ではなく、私が仕えるのであれば、六美様たちがそれにふさわしいように応えてくれます。そんな関係が、私は大変嬉しいのです。

「ああ、愛しい太陽様と愛しい六美様にお呼ばれするなんて感激です……！　この感謝を殺意に変えてお伝えしたいっ」

「そのまま伝えてくれればいいから」

「もうすぐパンが焼けるけど……、それまでに凶一郎兄ちゃんに紅茶持って行ってくれる？」

「もちろんです！」

シュタッ！　と右手を掲げ了解のポーズをとると、私はティーセットをトレーに載せ、凶一郎様の部屋に向かいました。

希少茶葉「ダークスイート」。凄まじい覚醒作用ゆえ常人は千倍に薄めて飲むこの紅茶の原液が、凶一郎様のお気に入りです。

固く閉ざされた扉の前で「凶一郎様。六美様がお淹れになった紅茶をお持ちしました」と言った瞬間、すごい勢いで扉が開きました。扉を動かした凶一郎様の鋼蜘蛛がさっと部屋に引っ込みましたので、私は部屋へ足を踏み入れます。

壁一面どころか、天井まで。あらゆるお歳の六美様の絵や写真が、それ自体がとんでもない値段のつきそうな額縁の数々とともに飾られています。行き過ぎたストーカーの自宅のようなこの部屋が、凶一郎様自慢の「六美の間」です。とても良い趣味ですよね。

その絵の後ろに隠された仕掛け扉の一つから、凶一郎様がぬるりと現れました。

「ご苦労。本当は六美が持ってきてくれれば十億倍美味しかったんだがな」

そう言って私から紅茶を受け取る凶一郎様ですが、私は笑顔でお答えしました。

「いえ、そうでもないですよ」

「ん？」

「六美様は茶葉の蒸らしが過剰にならない最高のタイミングの紅茶を凶一郎様にお届けするため、私に託したのです。キッチンからこのお部屋まで少々ありますから、六美様が自ら運ばれたのでは、ちょっと時間がかかり過ぎてしまいます」

「……六美……！」

感極まる凶一郎様が、一瞬で一杯目を飲み干します。そして、余韻に浸った後「最高の出来だ」と呟きました。

「ご兄弟のことをよく想われている。本当に六美様は素晴らしい方です」

「わかっているじゃないか殺香。六美はこの世で最も尊い存在で、歴史は六美誕生以前と以後で分けられるんだ」

いつも貼りついたような凶一郎様の笑顔ですが、特にご機嫌なものに変わったように見受けられます。

「六美が五歳の時だ。初めて俺にダークスイートを淹れてくれてな。分量を間違えて常人の致死量の十三倍の濃度の紅茶が出来上がったんだ。だが、それだけ高濃度の六美の愛ということだろう？　もちろん飲み干したよ」

「何て素敵なエピソード！　わかりますわかります。私も六美様の愛に溺れ死にたいです」

「そうだろう。だがあまり近付きすぎるなよ。俺は六美に過剰に近づくものには容赦しない」

ポットに残った分も飲み干し、凶一郎様が部屋を出ます。

「紅茶の礼とこの愛を六美に伝えに行かねばならんな」

「あ、私も戻ります。六美様が太陽様と一緒に私の朝食を用意して待ってくださってるんです」

「……ほう。あの駄婿も一緒か……」

「あ、どす黒い殺意……。太陽様……」

この後起こる惨劇を想像して、私は身を焦がすような興奮を覚えずにはいられませんでした。


『といった感じで、朝から太陽様と六美様は仲睦まじく、凶一郎様も元気いっぱいでした！

凶一郎様はあれで、太陽様のことも認めていらっしゃいます。ただ、六美様への愛が大きく上回ってしまうようです。私は太陽様も六美様もどちらも測定不能の大大大大大ＬＯＶＥでどちらが上なんてないので、そこはよくわかりませんね。

朝食後はお洗濯です。本日は大変良いお天気でしたので、洗濯物が良く乾きました。

それに、干すときには二刃様に手伝っていただきましたのでいつもよりも早く終えることができました』

二刃様が合気を放つと、水気を含んだ服が舞い、次々と物干し竿に掛けられていきました。

「ありがとうございます二刃様」

「合気の鍛錬にもなるからね。丁度いいのさ」

重さのないひらひらとした服を投げて干していくだけでも離れ業です。さらに、一度に形の異なる服をしわにならないように伸ばし、乾きやすいような間隔を保ちながら干すとまで来れば、極めて繊細な合気のコントロールが求められるでしょう。

二刃様は涼しい顔でこなされますが、鍛錬になると言うほどに難しい技なのが推測できました。

「今日は良く晴れてるから合気の送風乾燥までしなくてよさそうだね」

「きっとお日様でふんわり乾きますよ」

二刃様は頷くと一仕事終えたと言った感じで手を叩きます。

「すごいです、もう終わってしまいました。私も家事には自信がありますが、ここまでの速さは中々……」

「元々家事は兄弟で分担してたけれど、あたしが一番得意だったからねえ」

「なるほど……長年培われたものだったのですね。殺香も精進します！」

「ああ。でも、あたしにも家事をさせておくれ。メイドがいるからって任せきりは性に合わなくてね。それに、掃除や洗濯は心を整えるようで好きなんだ」

「もちろんです！　助かります」

私が元気よくお返事すると、二刃様は微笑んでくれました。

「助かっているのはあたしの方さ」

「いえいえ、メイドですからおうちの家事を担うのは当然です」

「そうかもしれないけど、それだけじゃないんだよ」

私が首を傾げますと、二刃様は説明を続けました。

「うちはみんな小さい頃から任務に出ているからね。自立した大人のように扱われることも多いだろう。だけど、そうは言ってもまだまださ。一人一人が部屋を貰ってるが、ちゃんと片付けられない子も多くてね。昔はあたしが片付けてたんだが、最近はそうもいかなくてね……」

そう言って遠い目でため息を吐かれます。

「ほら、あたしが言うと『後でやる』とか『今やろうと思ったのに』なんて言われるんだよ」

「お母さんですか」

「『どこ行ったかわかんなくなったじゃん。勝手に片付けないでって言ったでしょ』とかね」

「お母さんですか」

「でも、殺香にならあの子たちもそんなことは言わないだろう?」

それは確かに、と私は頷きます。

「だから、家事を代わってもらってるだけじゃない。あたしじゃできなかった片付けも、殺香のおかげでできているんだよ」

「……そう言っていただけるのなら、光栄です。この殺香、ますます精進します」

「ああ、よろしく頼むよ」

私が深々と頭を下げると、二刃様は再度微笑んでくれました。

「さて、洗濯物はこれで終わりかね」

「はい！　取り込みは任せてください。この天気ならお昼過ぎには乾くでしょう。干された洗濯物も何だか気持ちがよさそうですね。……あ、太陽様のパンツが緩やかな風になびかれて、ひらひらと……ひらひらと……」

「殺香」

「……ハッ！　太陽様のパンツに心を奪われてしまっていましたジュルリ」

口元の涎を拭います。

「捨てるパンツならまだしも、まだ穿くパンツを盗っては太陽様も困ってしまいます」

「そうだね。だめだよ殺香」

「はい。……破れて捨てるパンツならまだしも……ジュルリ」

「殺香。一度やり始めたらきりがないよ。その針をしまいな」

「……はい」

『太陽様のパンツをコレクションに加えることはできませんでしたが、風に揺れてひらひらするパンツをしばらく鑑賞させていただきました。

二刃様は、一番上の凶一郎様があのような感じですので、表立って他のご家族をまとめるのが自分の役割だとして振る舞っておられます。時に優しく包み込み、時に厳しく引き締める。母のようであり、父のようでもある。

他のご兄弟のお部屋が片付いているのか気になるのも、きっとそういう思いからなのでしょう。

でも、お酒を飲まれたときや、力のままに先陣を切るときなどは武闘派の顔が覗いて、自由というか伸び伸びされています。二刃様が思うまま振る舞う機会が増えるよう、お仕えしていければと思いました。

ひらひらを眺めていると小一時間ほど経っていましたので、次の予定である屋敷の罠及び武器の手入れに向かいました』

「いやあ、ここの回転のこぎりの錆び付き気になってたんだよな」

「回転数が落ちていましたもんね」

「やっぱりこの罠は刃の回転数が命だから。破壊力に直結するし、刃の方が負けることもないから。……よし、刃こぼれはないいな」

「皆様、きちんと回避されていますからね。侵入者も最近はおりませんし」

「いいことだ」

「辛三様、モーターは取り換えますか？」

「いや、そっちは大丈夫。ちょっと古くなってきたけどまだ使えるし、珍しい型番だからあんまり在庫がないんだ」

「かしこまりました。では、埃取りだけしておきますね」

「頼むよ」

そんな会話をしながら、錆取りオイル、グラインダー、ドリル、溶接機、研磨剤などなど、さまざまな工具をやり取りします。

会話の中に道具の指示はありませんが、辛三様の意図は大体伝わりますので、目配せやハンドサインさえすることなく、作業を進められます。辛三様のご家族や武器への思いは純粋ですから、わかりやすいんですよね。

夜桜家のお屋敷には無数のトラップが仕掛けられています。目的は二つ、シンプルに侵入者撃退と、もう一つは訓練です。このお屋敷に住むのは六美様を除き皆様スパイですから、生活そのものを訓練とするために、普通に過ごすだけで作動する多様なトラップが用意されています。

この罠は、外の攻撃から家族を守り、内から成長を促して家族を守る、二重の防衛網となっているのです。現在、全般的なシステム部分は四怨(しおん)様が管理していますが、実際の罠の内容の決定、施工、維持管理調整を担うのが武器のスペシャリストたる辛三様です。

そして、屋敷中の掃除を任されるこの殺香が、そのサポートを行っております。

「次はみんなの浴室の工事をしたいかな。大丈夫?」

「もちろんです！　電気風呂トラップは私にとっても思い出の場所なので……」

メイドとして働き始めた初日に太陽様（裸！　重要です！）に助けられたときのことを思い出し、顔が熱くなるのを感じました。思わずグフグフと笑ってしまっているかもしれません。

「思い出は思い出でいいけど、死なないようには気を付けて」

注意はしつつも、興奮する私に辛三様も優しく笑ってくれました。

「浴室の罠は何か変えるんですか?」

「ああうん。シャワーヘッドを取り換えて、ウォーターカッターが出るようにしようと思うんだ。正しい手順で捻(ひね)らないと、頭皮が吹き飛ぶ」

「まあ素敵」

「このシャワーヘッド、住宅機器メーカーのクラシト社とレーザー加工の大手MIZUMO社が初めて手を組んで作った商品でさ。マイクロバブルを含みながら従来の十倍の水圧で水を撃ち出すことができるんだ。シャワー本来の用途としてのクオリティも担保しつつ、威力も上がっている、ここ最近でも大きな技術革新だと思うよ。生産速度がどうしてもネックで、まだ世に五つしか出回ってないんだ。発売時には転売対策で、販売場所は非公開、先着五名までにのみ購入権が与えられるんだけど、なんとか買えたよ」

「貴重なものなんですね。それでも手に入れるとは、流石です」

「発売の一週間前に、とある樹海の洞窟の奥に販売場所を見つけたんだけど、もう四人も並んでて危なかったよ……。でも、先に並んでた人たちも相当な武器マニアでさ。並んでる間にいろいろおススメを教わって楽しかった。最近クラシックとテクノロジーの融合が熱くって。釣り天井とか、大岩みたいな古典的な罠に、高強度レーザーや無音ミサイルとか最先端の兵器を併せて設置することで、より対応しにくい状況を作れるんだよ。システムハッキングだけでは物理的な感圧式の罠の起動を止められないし、逆もしかり。起動後に回避するにしても、圧倒的な物量で押すのと、物理的にはほぼ避ける余地がないので、一筋縄ではいかない。これを突破するには――」

手元はサクサクと作業を進めながら、辛三様が一息にスラスラと話し続けます。

「……って、ごめん。また喋り過ぎちゃったか」

作業と武器語りに集中していた辛三様が私の表情を窺(うかが)いました。私は穏やかに微笑み返します。

「いえ、辛三様の武器トークを聞くのは私も楽しいです」

「そうか？　……でも、ここまで罠のアップデートはし続けなくても……。施工の手間はかかるし、毎回掃除の方法とかも変えていかなくちゃいけないし、殺香には迷惑をかけちゃってるよな」

そう言って申し訳なさそうに辛三様が目を伏せました。

「嫌だったら全然言ってくれても……」

「いえ、辛三様の屋敷の罠へのこだわりは、ご家族への愛ゆえだと思っております。家族を守り、成長させ、更には飽きさせずに楽しませる心も忘れない。そんな辛三様の想いの詰まった罠です。そしてこの愛が太陽様を高めると思えば、面倒など少しもありません」

更に私は、工具箱から六美様をモデルにした超絶可愛(かわい)らしい小さな人形を取り出しました。その状態でハンドルを捻ると、危険のない普通のシャワーが人形を濡(ぬ)らします。

「それに、毎日六美様への誤作動がないかのチェックを怠らない。私は部外者ですが、歴史ある夜桜家の屋敷と罠でも、ここまで責任をもっておられる方はいないのではないでしょうか」

「殺香……」

「なので、もっと殺香に手伝わせてください。それが殺香の喜びです」

「……わかった。じゃあ、また武器の買い出し一緒に行こうか」

「ぜひよろしくお願いします！　辛三様に案内していただけると、買い物に間違いがなくて助かります。途中に聞く武器トークも大変面白いですし」

「う、俺買い物中もしてるか……」

「はい、とても楽しそうに」

「無意識だけど……、まあ殺香が嫌じゃないならいいか」

「私あれ買いたいです、太陽様を朝起こす用の爆薬。太陽様の朝をさわやかに彩る、できるだけ品質の良いものを……起こすはずがうっかり永眠させてしまうかもしれませんハアハア」

息を荒らげてしまう私にも、辛三様の笑みは穏やかなままでした。


『思い出の浴室をリニューアルさせつつ、その後も続く辛三様の武器トークを楽しませていただきました！

どのお仕事も責任をもっておりますが、特にこの屋敷罠整備は一層力が入ります。掃除という私の得意分野でありつつ、夜桜家の皆様の日々の下地となる部分ですからね。辛三様とはお屋敷がより住みよく（というのが適切ではない気もしますが）できるよう、よくお話しさせていただいています。

それと今日は辛三様とお買い物の約束もさせていただきましたので、そちらも楽しみです。

作業を終え、お昼ご飯の後は、四怨（しおん）様に呼ばれておりました』

「ん」

四怨様から少々ぶっきらぼうにコントローラーを渡されました。私はそれをできるだけ丁寧に両手で受け取って、テレビの前に正座します。

「こちらは……？」

「ゲームだよゲーム。お前のモニターはそっちな」

指示されたモニターを覗くと、銃を構えた手元が見えます。これは、どなたかのヘッドカメラからの視点でしょうか。それと、荒野に二人、銃を抱えたキャラクターが立っていました。

画面の右上に小窓が二つ表示されていて、一つには四怨様が、もう一つは中学生くらいの少年の顔が映っています。

その方は人懐っこい笑みを浮かべて挨拶をくださいます。

『初めまして、殺香さん。僕、ケンヂっていいます』

その言葉に、私はカメラに向かって深々と頭を下げました。

「お初にお目にかかります。殺香です」

『えっと、僕は銅級スパイで……』

「存じております」

『え？』

「夜桜家にお仕えするにあたり、ご兄弟の皆様とその周辺の方については一通り調べておりますので。銅級スパイ、ケンヂ様。中学一年生の若さでその情報収集と解析能力は業界でも指折り。一時はフィジカル重視のご両親にその才が認められず苦労したこともありましたが、太陽様と四怨様の活躍で、今は家族仲も良好。そして四怨様は、その時に燃やし尽くしたように見せかけたケンヂ様からの花を、今も枯らさないように大切に飾っています」

『そうなんですか？』

「レ、レアものだからだよ！」

『僕、嬉しいです！』

「……っ！　とにかく、やるぞＦＰＳ。今回のは三人チームだからな。お互いに死角をカバーし合って……」

「死にました」

「は？」

「何かわからないけど死にました」

いつの間にか画面には血を流して倒れているキャラクターが一人。血の表現が少し物足りないです。そして、画面には大きく「ＹＯＵ ＤＩＥＤ」の文字が表示されました。

『まだ敵出てないけど……初めてだし操作ミスですかね？　殺香さんリトライしま……』

「死にました」

『どうやって⁉』

ゲームオーバーになってしまった私に合わせて、お二人がゲームをリトライしてくれました。

直後、数秒前と同じ、「ＹＯＵ ＤＩＥＤ」画面になります。それが二度、三度。

「殺香……お前、っど下手だな。流石に二刃姉ちゃんほどじゃないけど」

『四怨さん、あのスーパー機械音痴の二刃さんと比較するなんて、そんな言い方……』

「いやケンヂのその言い方も二刃姉ちゃんに対してめちゃくちゃ言ってるけど」

そんなお二人の会話にもついて行けません。私は申し訳なくてつい目を伏せてしまいます。

「すみません私、殺した実感が薄いこの手のゲームには疎くって」

しかし、そんな私の肩を叩き、四怨様は笑いかけてくれました。

「いいや、大歓迎だ。おもしれえ縛りプレイになりそうじゃねーの。今日はあたしが殺香にお仕えしてやる」

そうして四怨様のクソゲー攻略魂に火が付くと、私を全力で支えるプレイが始まりました。

「おい殺香。背後からあたしの脳天をぶち抜くのやめてくれ」

「おい殺香。手榴弾を投げまくって敵に位置を知らせるのやめてくれ」

「おい殺香。走り回って罠を起動しまくるのやめてくれ」

ことあるごとにトラブルを起こしてしまう私でしたが、しかし、そこは流石四怨様とケンヂ様のコンビネーションでした。素早く対処し、私を守りながら着々と敵を減らしていきました。

やっているうちに何とかわかってきたのですが、今回は三人チーム同士のサバイバルルールのようです。最後まで生き残ったチームが勝利となるとか。そして、三人全員が無事なまま、ゲームは終盤に差し掛かりました。

終盤になると敵の人数も減りますが、残っているプレーヤーは手練れが多くなってきているようでした。私というお荷物を抱え、隠密行動ができない四怨様陣営は先に相手に見つかってしまい、先制攻撃を受けることが多くなってしまいます。お相手も上手くなる中で、会敵の度に、四怨様やケンヂ様が傷を負われていました。

私が謝ると、お二人は楽しそうに「これでいい」と笑うのでした。

何度目かわからない襲撃を返り討ちにしたところで四怨様が言いました。

「殺香、生きてるか？」

「……はい！『ＹＯＵ　ＤＩＥＤ』はまだ出てません」

肩に力が入り、ガチガチの状態でモニターを食い入るように見つめながら答えました。

『自爆しなくなったし、だいぶ上手になりましたよ、殺香さん』

「ああ、上出来だ」

「でも、皆さん私をかばって、体力が減っています……」

「０にならなきゃいくら体力が減ろうが負けのゲームじゃないんだ。これでいいんだよ」

『そうです。ほら、僕ら以外は残り一チーム。それも、一人しか残っていないみたいですよ』

「勝利は目前じゃないですか」

「いや、三人で固まって行動するこのゲームで、一人だけ生き残るってのはそうそうない。普通一人まで減らされたらその場でやられるからな。そうなっていないってことは、相当実力が抜きん出て……」

その瞬間でした。

「ケンヂ、危ない！」

四怨様が身を挺してケンヂ様をかばいます。ケンヂ様は無事でしたが、四怨様のアバターが肩を撃ち抜かれ、深刻なダメージを受けたようでした。

『狙撃⁉　画面外から？』

現実で言うスナイパーライフルによる攻撃のようでしたが、画面に映る範囲内に敵の姿はありません。このゲームに詳しくない私にも、優れた技術による長距離狙撃だとわかりました。

ケンヂ様は自分がかばわれ四怨様が撃たれたことに驚いた様子でしたが、四怨様はにやりと笑いました。そして、親指でご自分の胸を指し。

「ここだ」

『……！　はい！』

瞬時に四怨様の意図を汲んだケンヂ様が、四怨様が指さす胸を狙って銃を放ちます。そのはるか向こうでヘッドショットという表示が出ました。

その瞬間、明るいファンファーレが鳴りました。ゲームクリアのようです。

「ナイスショットだケンヂ」

『四怨さんの狙いが完璧だったんですよ』

つまり、四怨様はケンヂ様をかばいながら、攻撃を受けた方向から相手の位置を算出。ご自分の身体で射線を隠しつつ、ケンヂ様の位置から敵を一撃で仕留められる角度を指示してみせたのです。そしてケンヂ様もそれに応え、指示通りの弾丸を放ったのでした。

「流石のコンビネーションでした！」

私は興奮して、コントローラーを放り出してしまいました。私が四怨様に飛びつくと、四怨様も得意げです。

「まあこんなもんだ」

「それに、ケンヂ様をかばうとき！　四怨様自ら身を挺して守っていました。私がやられそうになった時はそんな風じゃなかったですよね？」

「ん、相手もそそこやる奴だったからな。たまたまそうなっただけで」

「その後の一瞬のやり取りで想いが伝わったのも見事でした。お二人は心が通じあった、特別な関係なのですね！」

「特別ってなあ……」

決まりが悪そうに四怨様は頭を掻きました。目を逸らす四怨様に対し、ケンヂ様は純粋な笑みを浮かべます。

『四怨さんと特別な関係って、僕、光栄です！』

「……あほくせ」

『四怨さんは、嫌……ですか……？』

「……あーあーうるさい嫌じゃねえようるさい！　今日はここまでな」

『え？　今日も徹夜コースだって』

「予定変更！　殺香も行った行った」

　そう言うと、四怨様はケンヂ様との通話を切ってしまい、私も追い出されてしまいました。


『私、普段はああいったゲームはやらないのですが、四怨様とケンヂ様に手伝ってもらって勝利できて、とても楽しかったです！　私なんぞにゲームを教えてくれる四怨様はとてもお優しいです。

　それにしても、四怨様とケンヂ様との関係、怪しいです。夜桜家のメイドとしてお二人のことは今後も見守っていく所存です。決して野次馬根性などではなく。

　それから、徹夜コースの予定が変わって時間ができたので、気合を入れてあれに挑むことにしました。夜桜家のメイドとして避けることはできないあれに……』


「嫌五(けんご)様。入ってもよろしいでしょうか」

「どーぞー」

ノックと共に呼びかけると、部屋の中から緩い感じのお返事が返ってきました。

扉を開けた私の前に広がる光景は、物、物、物、裸の嫌五様、物、物、物。変装に使われる服やアクセサリーやかつらやそれらを作る材料と道具が部屋の中央に山を形成しています。この山は先日片付けたはずでしたが、何かに化かされたのでしょうか。元通りになっています。

出そうになるため息をぐっとこらえ、山の頂上でファッション誌を読む嫌五様に尋ねます。

「掃除をしたいので、服を着ていただいても良いでしょうか。埃が舞う中で素肌を晒すのは良ろしくないかと」

「悪いな。今は服を着る気分じゃねーの」

ご自身の肌や局部を隠す素振りも見せず堂々とする嫌五様がけらけらと笑って、雑誌のページを一枚めくられました。

「では、埃を立てない範囲にいたします。そのままで構いませんのでお部屋を片付けても良いでしょうか」

「ええー？　どうすっかな。動きたくないし、作り途中の服動かすの面倒だし」

「二刃様にもよろしく頼まれているのです」

私も二刃様の名前を出して牽制を試みます。

「む、二刃姉ちゃんが片付けに来ると、物の場所めちゃくちゃにするし何でもかんでも捨てるんだよなー……」

それは流石に無視できないようで、嫌五様は手元の雑誌を閉じ、腕を組んで悩み始めました。

「作業中のものはそのままにしておきますし、掃除は私がやりますので、中央の山だけ攻略させてください」

「んーしゃあないわかった！　でも、代わりに一個お願い聞いてくれよ」

「何でしょう？」

「メイクさせてくれ。最近は他人を変装させる技術を上げるのがマイブームでさ」

そうして嫌五様に連れてこられたのは、嫌五様のお部屋の洗面所でした。こちらは先ほどのお部屋と違い、物が散乱していることはありませんでした。しかし、無数のスキンケア用品があるせいで、元々の棚には収まっていません。それらが追加の棚に立ててあるため、物が多く雑然とした印象でした。

鏡の前に座り、クロスをかけられると、嫌五様が山のような化粧品を抱えて現れます。

「さてお客さん、今日はどんな感じにしましょ」

「リクエスト聞いてくれるんですね！　では、六美様でお願いします」

「えー最近よくやるからヤダ」

「聞いた意味……」

けらけらと笑う嫌五様が、洗顔用にきめの細かい泡を立てます。この自由さが、夜桜家三男夜桜嫌五様なのだと、最近私もわかってきました。

嫌五様お気に入り、天然由来の低刺激石鹸で顔を洗い、メイク前の肌に化粧水を浸透させます。

「……しっかし、殺香も元々肌綺麗だよなー。何かやってんの？」

「そうですね……。あ、毎朝太陽様と六美様を吸っています！」

「殺香にとってあの二人は摂取するものなのか」

「栄養満点です！」

私が答えると、嫌五様は何かツッコみたそうな間ののち、言葉を収めたようでした。ので、つい鼻息がでてしまいますが、もっと話させていただきます。

「あとはそうですね。大好きな太陽様と六美様のこんなお傍に居られるんです。日々活力がみなぎって仕方ないです」

「お、わかってんねー。ストレスはお肌の大敵だからな」

私と話しながら、嫌五様はテキパキと手を動かします。他人の変装は研鑽中と言いながら、当然その技術は既に一流の域にありました。

「俺が片付けしないのもそのためよ。楽しい事しかしない主義だから、いちいち片付けなんかしてたら、ストレスでニキビができちまう」

化粧水の次は、保湿用の乳液を優しく肌に塗りながら、流れるようにマッサージも施してくれます。

「めんどくさがりなのよ」

しかし、私にはその言葉がぴんと来ず、首を傾げてしまいました。

「嫌五様は努力家ですよね？」

「へ？」

思ってもみなかったといった顔で、嫌五様は手を止めました。

伝わらなかったようなので私は説明を補足します。

「パック、睡眠、デトックス、食べるものに至るまで。あらゆるセルフケアをかかさずに続けているではないですか」

「そりゃまあ……」

「美は一日にしてならず。日々の努力でやっと維持され、少しでもケアを怠れば、失われるのは一瞬です。そして取り戻すのは容易ではない。まして、嫌五様の求めるレベルのものであればなおさらです。そしてそれを自分の変装にも、他人に施すのにも生かしている。それに、先ほども私の肌について尋ねられました。貪欲に、美へのヒントを探し続けている証拠です。これを努力家と言わずして何と言いましょうか」

するとは普段のようにおどけた様子で答えます。

「俺ってば美しい俺が大好きだからな。好きでやってることだから」

「好きでも、そこまでできる人はそうおりません」

「勝手気ままにやってるだけだし」

「ストレスを感じないように心がけているのも、自分の仕事道具である肌を最大限気遣ってのことでしょう」

私は、嫌五様のそういった面を尊敬しております。この尊敬が伝わるようにできるだけ真っ直ぐな目で嫌五様を見ました。

「……おう、そうだな！　俺は努力家なんだ、気付いてたか、ははは。やるな殺香は」

「はい」

私が思ったままお答えすると、嫌五様は頰を搔きました。

「何というか……そういうのは言われ慣れてないから……照れるな」

「あら、嫌五様に恥ずかしい思いをさせる意図はございません。それは失礼しました」

「いいんだけどさ……何か悔しいから、こうだ！」

シュババっと嫌五様がメイクを施すと、私の顔はみるみる変化し、ひげを蓄えたゴリゴリ肉体のスキンヘッドマッチョが鏡の中に現れました。

「はい終了～！　あと一時間はそのままな。じゃっ」

「お待ちください」

私を部屋から追い出そうとする嫌五様に、大事なことをお伝えします。

「何だよもう」

「お掃除がまだです！」

『そうして無事嫌五様の部屋の掃除を終えられました。数日後には戻ってしまうでしょうが、これもメイドの務め。またお掃除するまでです。

そして嫌五様のおかげか、肌の調子がいつもよりいいのです！

変装の練習と言いつつ、こうして己を磨いたスキンケア術も施してくれるのですから、決して勝手な人ではないですよね。

一時間経って、元の顔に戻る許可が出ましたので、夕方は七悪（ななお）様の研究室を訪ねました』

七悪様の部屋は地下一階から地下四階まであり、深い部屋ほど危険なものを扱う研究室となっています。地下二階より下には出入りに専用の防護服の着用とあらゆる洗浄が必要となりますが、居住スペースとなる地下一階の部屋は不要で、他のご家族も気軽に出入りすることができます。

一般的な薬品が並ぶ棚や、医療用ベッド、デスクなどが置かれたこの部屋は、さながら診察室のようでした。

白衣を着た七悪様が、スツールを回転させてこちらを向く様は、まさにドクターといった雰囲気です。

「今日はどうしたの、殺香さん」

「七悪様にお願いがあって来たのです！」

私はワクワクしながら懐から針を取り出し、指の間に挟んで見せました。

「殺香の針には毒を塗っているのですが、その毒を新調したくてですね」

「なるほど。ちなみに今はどんな毒使ってるの？」

「今は生物毒が多いですね。テトロドトキシンにシガトキシンにオレアンドリン……」

「あ、もらった方がはやいかも」

そう言うと七悪様は私から針を受け取り、ご自分の腕に刺しました。瞬間、刺された部分の細胞が急激に肥大化します。

七悪様の身体は非常に優れた免疫機能を持ち、あらゆる毒を無毒化する作用があるとのこと。摂取することで毒の解析を進められるほか、解毒薬を生成することも可能だそうです。

肥大化した腕はすぐに元の大きさに戻りました。

「なるほど。神経毒に出血毒、いろんな作用の複数の毒を互いに阻害しないようにしながら調合しているのか。なかなか強力だね。並の相手なら十分そうだけど……」

「いえ、全然足りないのです。私が求めるのはこんなものではありません。太陽様や六美様や夜桜の皆様のため、もっとレベルアップしたいのです！」

「……うん。そういうことなら応援するよ。どんな毒にしたいとか希望ある？」

「あります！」

私は即答して、手を合わせながら夢を語ります。

「まず、今回の毒では即効性は求めません。ゆっくり、ゆっくりと効いていく毒にしたいです」

「へえ。また珍しいね」

私の話を聞きながら、七悪様はカルテにメモを記していきます。

「はい。時間はかかればかかるほどいいんです。毒を打ち込んでから時間が経つと、だんだんターゲットの体が熱くなり、倦怠感（けんたいかん）から動けなくなります」

「なるほど、それなら免疫系は働きを止めない感じがいいかな」

「寝たきりになったターゲットは、熱に浮かされ、朦朧とした意識の中で、この毒を打ち込んだ者のことを何度も思い出すことになるのです。そして、何度も思い返されるうちに、私という存在が記憶に刷り込まれ、刻まれ、症状が悪化し、ついにこと切れるその間際、走馬灯は全て殺香に塗りつぶされ、太陽様の頭の中は殺香でいっぱいに……そして、ハァハァ、現実では左手を六美様が、右手を殺香が握りながら最期を看取るのです」

「途中から太陽兄ちゃんと殺香さんのことになってたよ」

七悪様のツッコミで、私はハッとしました。つい、また妄想が爆発してしまったようで、顔が熱いです。

「嫌だ、私ったらはしたない」

「『はしたない』って判定なんだね……」

バケツの下で七悪様が苦笑します。私は涎をハンカチで拭い、一つ咳払いをして背筋を正しました。

「今はこの日々が楽しいので、太陽様を暗殺するつもりは微塵もないのですが、毒の強化は常に目指していく所存です。七悪様なら、こういう毒も生成可能ですか？」

すると七悪様はメモしたカルテを眺めながら腕を組んで唸りました。

「うーん、……今すぐは無理かな。僕の得意分野はむしろ適応とか分解とか解毒の方向で、毒の生成は副産物なんだ」

「そうですか……」

「先に毒があって、それの解析の過程で有毒性を高めるとかはできるけどね。狙った効果の毒をデザインするのはまだまだ勉強中なんだ」

私は思わずしょんぼりと肩を落としてしまいました。しかし、七悪様が励ますように言います。

「でもいい発想だと思う。僕もこれが作れるように頑張るよ。勉強中っていうことはつまり、これからできるようになっていくつもりってことだからさ」

「いいんですか？」

途端、私の目が輝きます。

「うん。世の中でまだ知られていない毒も先に知っておけば、それだけ多くの解毒薬を準備できるじゃない？　だから、新しい毒の開発も、医学薬学の進歩には不可欠だと思うんだよ」

「流石七悪様……ご立派な考え方です。そして、殺香はとっても助かります！」

いつの日か出来上がる毒に思いを馳せ、私はまた妄想の世界へ旅立ち始めました。そんな私に、七悪様は笑顔で釘をさすのでした。

「でも、もし太陽兄ちゃんに使いたくなっても無駄だから。僕が解毒剤を用意しちゃうからね」


「……と、七悪様が毒を作ってくださることになったんです！」

その日の仕事をすべて終えた夜。私は六美様の部屋の浴室で、な、なんと六美様とお風呂をご一緒していました。

「そうなの。良かったね」

湯船に並んで浸かりながら、六美様が優しく声をかけてくれます。浴室では声が反響し、六美様のお声が心地よく響きました。

「でも珍しいね。殺香が家族の誰かにお願いなんて」

「そうですね。メイドたるもの、主には滅私奉公すべきではあります。ですが、夜桜家の皆様はむしろ『好きにしていい』と言ってくださいます。主人の善意には全力で甘えるのが殺香の礼儀。だから殺香は、皆様に優しくしてもらうのです」

「なるほど。だから誘ったら私とも一緒にお風呂にも入ってくれるんだ」

「恐れ多くはありますが、お誘いはありがたくお受けします！」

「その割にはあまり私の方を見ないようにしてない？」

「あう……直視すると眩しさに目が焼け落ちてしまいそうで……」

私は恥ずかしくて、顔の半分くらいまで湯船に潜りました。六美様はそれを見てくすくすと笑います。

「ふふふ、殺香ったら可愛いのね。でも、殺香が遠慮しないでくれて、私も嬉しい」

六美様のお褒めの言葉がこそばゆくて、私は湯船をブクブクさせました。しかし、それ以上ははしたないので、顔を出してお答えします。

「……特に七悪様は、私にも欲しい薬や毒がないか聞いてくださるので」

「そうね。七悪は末っ子で、皆を追いかけてることの方が多かったから。殺香が頼ってくれたらきっと喜ぶわ」

「任せてください。この殺香、七悪様のお願いとしても、六美様のお願いとしても、七悪様に全力で頼っていく所存です」

「でも、その毒がもし完成しても太陽には使わないでね」

「……でもでも、ロマンチックですよね？」

「それはノーコメントで」

「わかるって顔してます！」

「さあ、背中流してあげる。おいで」

「うう……はぐらかされましたが魅力的な提案、是非お願いします！」

そして私たちは湯船から出て、六美様が私の後ろでお風呂用の椅子に座りました。体を洗う用のタオルを泡立たせ……、私の背中を洗ってくださるとのことです……。

「ひい～六美様に背中を流していただいている……幸せ過ぎます」

「大袈裟だなあ」

幸せと緊張が同居して何だか身体がぐにゃぐにゃしてきた私の背中に、六美様が話しかけました。

「そっかそっか。今日殺香は兄弟全員と過ごしたわけね」

「……はい。凶一郎様に二刃様、辛三様、四怨様、嫌五様に七悪様。皆様優しくしてくれます」

振り返ってみれば、今日は特にご家族それぞれの方と共に過ごしていました。

「私と太陽を追ってうちに来たけれど、そのスパイ技術で、家族のこともちゃんと知ろうとして、支えようとしてくれてる。殺香がうちのメイドになってくれてよかったよ」

「六美様……」

私にはもったいないお言葉でした。

俯くと、お湯を溜めた桶に、私が映っています。十数年、血と愛の中で過ごしたスパイの顔。

私は少しだけ昔のことを思い出しました。

「殺香は……、こんなに長く同じ人と過ごしたことがありませんでした。メイドをするのは潜入のためで、仕事が終わればそれまででした。こんなに長く殺香が個人で追いかけた人は、いませんでした」

夜桜家が特殊過ぎますが、私もそれなりの若さで銀級（シルバーランク）ライセンスを取ったスパイです。世間一般で言う普通の人生は送っていません。それに、私は中でも、暗殺と尾行のお仕事が多かったですから、人から見れば壮絶と言えるでしょう。ですが、それが当たり前の中で生きてきました。

全く不幸ではありません。それでも、知らない幸せの形は多くあったのだと、今ならわかります。

「ですが、ここは違います。ここには、太陽様と六美様のお二人がいる。今まで私は、愛した人はその命までも自分だけのものとして、終わらせたくてたまりませんでした。ですが、愛し合い支え合うお二人の両方が尊くて、殺香はお二人の行く末をずっと、終わらせずに見ていたいと、そう思うようになったのです。そして、同じ思いを持ってお二人を支える他のご家族の皆様だからこそお仕えしたいと思うのです」

太陽様と六美様のお傍にいられる、そう思って半ば強引にこのお屋敷にやってきました。そして、お二人だけじゃない、夜桜家の皆様の愛をも知ることができました。

それは、私の人生になかった幸福でした。

「なんて、ちょっとしんみりしたこと話しちゃいました、忘れてください！　はいバシャー！」

「殺香!?」

私は六美様とお風呂をご一緒していること以上に恥ずかしくなって、桶のお湯を勢いよくかぶりました。

それまで静かに私の話に耳を傾けてくれていた六美様は一瞬驚かれました、が、すぐに優しく、ぐちゃぐちゃになった殺香の髪（かみ）を手櫛（てぐし）で整えてくださります。

「……いいのよ、裸の付き合いなんだから。女の子同士、もっといっぱい話しましょう?」

「六美様……」

女神、でしょうか。六美様の尊さは、また私の想像を超えました。感動です。胸がいっぱいで張り裂けそうです。

私はまたこの方に一生お仕えするという誓いを新たにしました。

ひとまず、お言葉に甘えてもっといっぱいお話しさせていただきます。

「……じゃあ、はいはい！　では私、六美様と太陽様の素敵なところ百選についてお話ししたくてですね！」

「ふふ。いいわね、望むところよ」


『それから、のぼせる直前まで太陽様の魅力について語り合いました！

まだ足りないのでこの後寝室にお邪魔して続きを話したいと思います。

なので、今日の日記はここでおしまいです。過ごしている間は、六美様とのお風呂以外はいたって普通の一日だと思っていましたが、こうして書いてみると、とてもかけがえのない一日だったと実感します。

ですが、今日のエピソードからは見えなかった皆様の素晴らしい一面もまだまだ書き記していきたいです。それに殺香の知らない魅力もきっともっとたくさんあります。

何より、太陽様分と六美様分が、足りない！　全然！　足りない！

今日は皆様といろんなことができて、それはそれで充実した一日でしたが、明日は二十四時間、太陽様の半径一メートル以内で過ごし続ける荒行をしようかと思います、明後日は六美様です。そして、それもこうして日記に書きたいです。

これは夜桜さんち観察日記。夜桜家の皆様の魅力を記す日記。きっと書くことは絶えず、これからもずっと書くことになりそうです。

そう思うと何だか楽しくなってきました。

とりあえず、ページが足りなくなりそうなので、早めに二冊目の準備をしておこうと思います』

YOU
DIED

あとがき

今まで読書というと、
古い児童文学しか読んだことが
なかったので、こういう現代的な
挿絵の小説にとても憧れが
ありました！まさか初めて読むのが
自作のノベライズだなんて…感激!!
原作以上に心の描写が深くて
改めて夜桜家の人々を知ることが
できました！
電気泳動先生、素敵な作品を
本当にありがとうございました!!
そしてこの本をお手にとって、
ここまで目を通して下さった
読者の皆様、本当に
ありがとうございました!!

権平ひつじ

あとがき

この度、『夜桜さんちの大作戦』の小説版を
執筆させていただきました。電気泳動と申します。

夜桜さんのキャラクターはみんな生き生きしていて、
書いている間もとても楽しかったです！
特に殺香編がお気に入りです。

そして執筆中も原作本編がまあ～
面白くてビビり散らしながら書いておりました……。
まさか、あんな展開に……。

そんな夜桜さんの魅力の一部でも、
小説の形で届けられたらうれしいです。

原作の権平先生、
私に夜桜さんを書かせてくださった関係者の皆様、
そしてこの本を読んでくださった読者の皆様、
ありがとうございました！

電気泳動

■初出
夜桜さんちの大作戦　夜桜家観察日記　書き下ろし

[夜桜さんちの大作戦] 夜桜家観察日記

2023年7月9日　第1刷発行
2023年9月12日　第3刷発行

著　者／権平ひつじ ◉ 電気泳動

小説原案／華南恋

装　丁／志村香織（バナナグローブスタジオ）

編集協力／株式会社ナート

担当編集／福嶋唯大

編集人／千葉佳余

発行者／瓶子吉久

発行所／株式会社　集英社
〒101-8050　東京都千代田区一ツ橋 2-5-10
TEL　03-3230-6297（編集部）
03-3230-6080（読者係）
03-3230-6393（販売部・書店専用）
印刷所／中央精版印刷株式会社

Printed in Japan　ISBN978-4-08-703536-0 C0293

検印廃止

JUMP
BOOKS